Ayla Richter

# Katastrophe mit Nachhall

Autobiographische Kurzgeschichten

Bibliografische Information der Deutschen Nationalbibliothek:
Die Deutsche Nationalbibliothek verzeichnet diese Publikation in
der Deutschen Nationalbibliografie; detaillierte bibliografische
Daten sind im Internet über http://dnb.dnb.de abrufbar.

© 2022 Ayla Richter

Herstellung und Verlag: BoD – Books on Demand, Norderstedt

ISBN: 978-3-7568-3814-1

*Für meine Freundinnen, die mich so lange drängten, meine Geschichten aufzuschreiben, bis ich es tat.*

*Eine Umarmung für meine Wegbegleiter/-innen. Ohne Euch wäre ich nicht so schnell so weit gekommen, letztendlich zu mir selbst.*

*Danke!*

# Inhalt

**Ayla datet**

**Ayla kandidiert**

## Vorwort

Dieses Buch hatte in meiner Vorstellung sehr lange den Titel „Der Witwentröster", denn mit der gleichnamigen Kurzgeschichte und dem Mann dahinter fing vieles an. Aber es kam anders, wie so häufig im Leben. Im Juni 2019 war ich gerade aus einer Klinik am Chiemsee entlassen (Depressionen nach plötzlicher Erlangung des Witwenstatus), als ich mich entschloss, an dem Schreibwettbewerb „Grassauer Deichselbohrer" mit dem Thema „Nähe" teilzunehmen. Eigentlich hatte ich den Flyer mit der Ausschreibung zunächst für meine Freundin, die Autorin, mitgenommen, aber dann wollte ich es selbst wissen. Schließlich hatte ich von einigen Freundinnen zu diesem Zeitpunkt schon mehrfach gehört: „Du erzählst so gut, schreib deine Geschichten doch auf!" Zu dem Zweck hatte ich tatsächlich auch schon das eine und andere Notizbuch geschenkt bekommen. Und so entstand dann die Kurzgeschichte „Der Witwentröster", die die verschiedenen Erlebnisse meiner damals jüngeren Vergangenheit zusammenfasste. Ich meisterte mit Hilfe der Autorin die Schwierigkeiten bei der Erstellung einer „Normseite" und und und. Einmal angefangen, konnte ich mit dem Schreiben von Kurzgeschichten nicht mehr aufhören, es passierte in meinem Leben ja auch so viel und manche Episode wurde im „Witwentröster" ja auch nur sehr verkürzt dargestellt. Ich fand die Mitwirkenden, die Geschichten, hatten mehr Raum verdient. So ist es bis heute. Seit etwas mehr als einem Jahr schreibe ich jetzt wöchentlich mindestens einen Blogbeitrag auf meiner eigenen Webseite, aber das geht absolut zu Lasten des Schreibens von Kurzgeschichten. Sehr bedauerlich, aber auch mein Tag hat nur 1440 Minuten und das ist manchmal eindeutig zu wenig.

Zurück zum Nichttitel „Der Witwentröster": Dieser Titel, mein Wunschtitel, ist doch wirklich schon vergeben, wie ich bei Recherchen im Vorfeld der Bucherstellung feststellen musste! Ein Mann veröffentlichte „seine" Memoiren unter diesem Titel, so ein Mist!

Also muss ein neuer Titel her, ein griffiger, absolut nichts sagender, aber einer, der trotzdem Assoziationen weckt. Ich finde „Ayla 4711" ist prädestiniert dafür. Wer von der mittelalten Generation kennt nicht noch das Eau de Toilette 4711 aus Köln? Ich kann mich noch sehr gut an die Werbung in meiner Jugend erinnern: „Die Idee zum Muttertag! Mutter ist die Beste. Sag es ihr mit Herz, mit 4711". Nur die Form der Verpackung variierte von Jahr zu Jahr. Meine arme Mutter! Heute habe ich rückblickend Mitleid, aber damals? Doch hat sie sich scheinbar jedes Jahr aufs Neue gefreut. 4711 – welche Assoziationen weckt dieser Begriff wirklich beim Lesenden? Frisch, blumig, traditionell, altbacken, miefig, erfrischend? Ich habe keine Ahnung, muss ich? Ayla, ja, für viele ein typisch türkischer Name. Ich bin grau, früher war ich blond, norddeutscher Herkunft, also gar nichts bis nichts gemein mit türkisch. Ayla, so heißt die blonde Heldin meines Lieblingsromans aus Teeniezeiten. „Ayla und der Clan des Bären." Eine junge Frau, die in unwirtlicher Umgebung um das Überleben kämpft, viele Abenteuer besteht und generell macht, was sie für richtig hält. Sie sagt nie „Das haben wir schon immer so gemacht" oder „Das machen Frauen nicht". Erst handeln und dann vielleicht nachdenken. Ayla ist irgendwie mein Vorbild, ich fühlte und fühle mich heute auch noch oft missverstanden, eingeengt, gemessen an den Konventionen anderer. Ich mache, was ich für richtig halte, meistens. Und bin oft vom Erfolg überrascht. Diese Woche zeigt mein Spruchkalender den Spruch "Ich frage mich nie, was

11

ich mir dabei gedacht habe. Das fragen immer die anderen". Passt!

Ayla 4711, mein Username im Datingportal, welche Überraschung. Der Name ist Programm, irgendwie. Wie eine Wundertüte. Also schütten wir sie aus!

Und dann kam hinsichtlich des Titels doch alles ganz anders. Willkommen in meinem Leben!

# Ayla persönlich

# Wer bin ich?

Ich bin Ayla, so weit so gut. Mein Name entspricht mir finde ich. Kurz und prägnant, ohne viel Tamtam, klar, gradlinig, einprägsam. Dafür bin ich meinen Eltern sehr dankbar.

Geboren 1962, also heute im Juli 2019, im besten Mittelalter, auch wenn ich mich deutlich jünger fühle. Das Älteste von vier Geschwistern, alles Mädels und dabei hatte sich mein Vater doch wenigstens als viertes Kind einen Jungen gewünscht. So bin ich Tochter und älteste Schwester.

Mehr als einmal für meine Schwestern auch Ersatzmutter gewesen. Das war nicht immer einfach und prägt mich bis heute. Viel Verantwortung tragend auf viel zu schmalen Schultern, trotzdem die Last all die Jahre gut und sicher gestemmt, kein Einknicken oder Zusammenbrechen, das kam erst deutlich später. In meinem Elternhaus immer zu kurz gekommen.

Verheiratet gewesen, mein Mann verstarb im Februar 2018, unerwartet und plötzlich. Und doch wieder nicht, denn alle Anzeichen dafür hatte er jahrelang ignoriert. Witwe! Was für ein Wort. Das sind normalerweise doch nur alte Frauen.

Mutter eines Sohnes der auswärts lebt und sich noch im Studium befindet, nach dem Tod seines Vaters wirtschaftlich unabhängig, klar, aber doch immer Kind bleibend. Nur eins? Oder zum Glück nur eins? Lange Zeit konnte ich mich hinsichtlich des Sprachgebrauchs nicht entscheiden, auch heute noch fällt mir der Satz „Zum Glück nur eins" schwer. Ich wollte mehr Kinder, es hat nicht sollen sein und jetzt ist es definitiv zu spät! „Wer weiß, wofür es gut ist", tröstet leider auch nicht immer. Da gibt es dann doch den einen unerfüllbaren Wunsch: Mehrfachmutter.

Schwimmbadblond, je nach Geschmack gut aussehend, gebräunt. Das Schwimmen im Bad hinterlässt seine Spuren auf der Haut. Mit dem Gewicht hadernd, unter 80 kg sollten es schon sein, aber ohne Diät sehr schwierig. Nicht unmöglich, das nicht, aber notwendig? Nein, ich denke nicht.

Groß, 176 cm ohne Absatz. Intelligent, redegewandt, oh ja. Ein solides Halbwissen verwaltend, großzügig, mit schwarzem Humor ausgestattet, neugierig, mutig, abenteuerlustig, frauenpolitisch interessiert und vieles mehr. Ich bin wie ich bin und doch wäre ich an einigen Stellen gerne ganz anders!

Wohlhabend, mehr Aktiva als Passiva, Vollzeit arbeitend. Eine gute Partie, wie es früher hieß.

Freundin bin ich auch, wenn das als hilfreiche Eigenschaft bei der Selbstbeschreibung zählt? Ich denke schon, denn Freundschaften sind wichtig. Freundschaften wollen und sollen gepflegt werden. In diesem Sinne bin ich eine „Kümmerin". Bin ich eine gute Freundin? Was unterscheidet die verschiedenen Arten der Freundschaft „normal, gut, sehr gut" voneinander? Ich weiß es nicht, da endet die Selbstwahrnehmung dann doch ganz schnell.

Weggefährtin bin ich auch, ich denke da an die Mitpatienten und Mitpatientinnen in der Klinik am Chiemsee am Anfang des Jahres. Zumindest teilweise sind wir die sechs Wochen unserer Genesung gemeinsam gegangen. Weggefährten halt. Mir gefällt dieser Begriff.

Oder die länger andauernden Kontakte mit einigen Herren vom Datingportal. Auch mit denen bin ich einen Teil meines Lebens gemeinsam gegangen. Das muss dann wohl umgekehrt, in jenen Momenten in denen wir Zeit zusammen verbrachten, für sie ebenso gewesen sein. Auch wenn das nur durch Buchstabentausch in einer virtuellen Welt geschah.

Reiseleiterin, wenn ich Ausflüge für Kolleginnen und Freundinnen organisiere. Das macht mir Spaß, darin bin ich gut. Vor allen Dingen, seitdem nicht mehr alles perfekt sein muss, seitdem mir tatsächlich 100 % genügen.

Wenn ich in meinem Beruf arbeite oder auch nur so tue, bin ich auch Kollegin. Mal heiß geliebt, mal tief gehasst, mal gleichgültig betrachtet, mein Wissen großzügig teilend, Geschichten erzählend, jedenfalls wenn ich gut drauf bin. Mich für meine Kollegen einsetzend, auch ohne Auftrag.

Von meinen „Kunden" werde ich respektiert. „Kunde" ist ein unmögliches Wort für die Steuerpflichtigen, wie es eigentlich heißt. Und deren Steuerberater. Da ich ihr Bestes will und zwar "ihr Geld", ist die Herstellung eines Konsens oder gar einer „Win-win-Situation" doch recht schwierig und manchmal auch einfach unmöglich.

Sportlerin, wenn 1000 Meter schwimmen im Sommer zur Definition des Begriffs reichen. Mit Begeisterung, aber ohne Stil. Ab und zu „Hausfrauengymnastik" besser als nichts. Zählt die Teilnahme am Betriebssport dazu?

Sozial engagiert, schon seit Jahren organisiere ich die Hilfsaktion "Weihnachten im Schuhkarton" im jeweiligen Tätigkeitsfinanzamt. Und das mit großem Erfolg. Aber auch hier gilt wie im wahren Leben: Nur gemeinsam sind wir stark und erfolgreich.

Ist Anführerin ein Begriff? So wie Hirtin? Hirtin ohne Tiere geht nicht, außer gerade arbeitslos gemeldet.

Gleiches müsste für Anführerin gelten. Ich führe gerne oder ist das nur eine andere Form der Reiseleitung? Wer weiß?

Seitdem ich Witwe bin, lebe ich alleine. Ab und zu fühle ich mich einsam, aber meine neu gewonnene Freiheit gebe ich ohne Not nicht für Zweisamkeit und Kompromisse auf!

Es gibt viele Facetten meines „Ichs", alles meins, gut so. So viele Eigenschaften und Talente, eine Aufzählung lang und langweilig? Oder doch in der Fremdwahrnehmung eher kurz und kurzweilig? Will ich das so genau wissen?

Ich bin mit mir zufrieden, meistens wenigstens. Manchmal, wenn ich eine schwere Situation gemeistert habe, auch sehr stolz auf mich selbst, ohne dass gleich die Fenster aufgerissen werden müssen, weil Eigenlob angeblich stinkt. Vielleicht bin ich auch einfach nur gut im Selbstmarketing?

Wer auch immer ich bin, ich bin vielseitig und vielschichtig!

## Bis dass der Tod Euch scheidet

Sonntagmorgen in Weisbrunn, die Vögel zwitschern,
ich höre einen „meiner" Spechte klopfen, es regnet,
ein Wetter passend für eine Retrospektive, einem
Blick zurück, zurück zu einem Leben, welches mich
letztendlich bis hierhin führte. Einem Leben, das voll
Friede, Freude, Eierkuchen begann und so tragisch
endete vor 3 Jahren plus x Monaten.
Ich lernte meinen Mann in Flensburg kennen,
Studentenwohnheim „Zur Exe", 1984, so lange ist
das schon her, fast 2/3 meines Lebens, was für eine
unglaublich lange Zeitspanne! Ich kam, auch daran
erinnere ich mich noch genau, von einem Besuch
einer Verhandlung des Finanzgerichts Hamburg,
meiner Ausbildung geschuldet, um meine Freundin
„Ellenlang" zu besuchen. Da ich vor der
verabredeten Zeit dort ankam, war sie nicht dort und
„Er" öffnete mir die Tür. Wow, den Mitbewohner
kannte ich noch nicht, sah interessant aus, im Laufe
des Wochenendes trafen wir uns mehrfach in der
Gemeinschaftsküche, und ja, er war auch interessiert.

Irgendwann besuchte ich dann nicht mehr meine Freundin, sondern ihn, der tatsächlich einen Namen hatte: Klaus Peter.

1990 zog ich dann mit diesem Mann zusammen, die Fernbeziehung hatte ein Ende. In Großsolt verbrachten wir fast fünf glückliche Jahre, eigenes Heim, das Leben der nahen „Großstadt" Flensburg genießend, mit dem Wohnmobil umherreisend, alles passte, bis auf eines: Wir waren nicht verheiratet, kinderlos, meine Verwandtschaft nervte und war da nicht etwas mit dem Verheiratetenzuschlag und dem Splittingtarif? Hochzeitstermin auf den 31.12.1993 gelegt, dann haben in 25 Jahren auch alle Zeit, keine Ausrede nicht zur Silberhochzeit zu erscheinen, sehr langfristige Planung, tja, so war das damals. Die kirchliche Hochzeit sollte im folgenden Sommer nachgeholt werden, ausgefallen, wie so vieles.

Mein Mann war in Sennfeld aufgewachsen, waschechter Franke, er wollte zurück in seine Heimat, das wusste ich von Beginn an, dachte mir aber nichts dabei, warum auch? Die Urlaube dort unten waren immer ganz nett, dass ich die meisten Menschen nicht verstand, hm, die Speisekarte sehr fleischlastig war, es weder Lakritze noch „echtes" Schwarzbrot gab, von Kluntje Kandis ganz zu schweigen, geschenkt. Das wird schon, bekomme ich hin.

Der Traum meines Mannes ging in Erfüllung. Er bekam im Mai 1994 seine Wunscharbeits-stelle in der aufzubauenden Papierfabrik Palm, wie lange hatte er mir davon vorgeschwärmt, da wollte er hin! Also landeten wir aufgrund einer Klausel seines Arbeitsvertrags am Ende in Weisbrunn, das einzige akzeptable Haus, das es damals zu kaufen gab, stand dort. Ich hatte das Haus vor Vertragsunterzeichnung nicht einmal gesehen: „Vertrau mir!". Und ich tat es! Mein Arbeitsplatzwechsel war nicht ganz so einfach, aber im April 1995 hatte ich es geschafft: Beamtin im Freistaat Bayern, yeah! Aller Anfang ist schwer?! Ja, allein schon die Begrüßung durch den damaligen Vorsteher, ja, so hießen die damals tatsächlich noch, im Finanzamt Bamberg machte mir klar: Ich bin nicht mehr im frauenfördernden Schleswig-Holstein! Schluck, wie hierarchisch war das denn hier?

Und das war erst der Anfang! Wer kennt das Buch „Nicht ohne meine Tochter?" Ob Wahrheit oder Fiktion, aber genauso erging es mir, langsam, aber sicher! Mein Mann veränderte sich, kaum zurück in seiner Heimat! Plötzlich war ihm mein Verhalten peinlich, seine Arbeit als Ingenieur mehr wert als meine. Manches ging auch sehr subtil vonstatten, aber die Veränderung war da, es wurde plötzlich überlegt, was die Nachbarn sagen könnten, etwas, was uns im Norden nicht die Bohne interessiert hatte, und und und. Bald fühlte ich mich wie in einem Korsett, welches immer enger wurde. Enger wurde es auf jeden Fall als im September 1996 unser Sohn geboren wurde. Zwei Jahre war ich ans Dorf gefesselt, keine Freunde oder Verwandte in der Nähe, vieles fremd, kein eigenes Geld mehr verdienend, ein schreiender Säugling, trotz anderem Elternteil alleinerziehende Mutter. Dazu, wie selbstverständlich, Haushalt und Garten managen, mag sein, dass andere Frauen darin Erfüllung finden, ich nicht! Wenn ich das gewollt hätte, hätte ich nicht studieren brauchen, so einfach ist das! Wie war ich froh, als ich nach zwei Jahren wieder Teilzeit arbeiten konnte, nachdem ich mit viel Mühe eine passende Tagesmutter gefunden hatte, später dann einen Kindergarten, erste Freundinnen sich einstellten. Nein, Freundschaften ergeben sich nicht von selbst, da muss frau schon etwas dazu tun! Schulzeit eines Kindes, welches nicht der Norm entspricht, sehr häufig gemobbt wird, wie anstrengend ist das denn? Und der Vater? Abgetaucht?! Später wurde es etwas besser, da gab es sogar Vater und Sohn Urlaube in den Herbstferien, immerhin eine ganze Woche lang kein Betreuungsdruck bei der Mutter. So etwas wirkt sich auf die Ehegattenbeziehung aus, ohne Zweifel, und verständlicherweise nicht positiv.

So ging die Zeit dahin, Gewöhnung ans Hamsterrad, kein Gucken nach rechts und links, Akzeptanz des Istzustandes als „normal", auch wenn schon seit Jahren sehr deutlich war, dass diese Ehe keinen von uns beiden glücklich machte, Scheidung für meinen Mann ein „No-Go" war, was er auch mit allen Mitteln verdeutlichte. Midlife-Crisis oder handfeste Depression, egal was es war, es machte das Leben für alle Beteiligten schwer, jahrelang. Arztbesuche trotz massiver Herzbeschwerden? Nein, danke, er doch nicht.

Ja, und so kam es, wie es fast schon zwangsläufig kommen musste: Tod durch Herzinfarkt für meinen Mann und für meinen Sohn und mich ein besseres Leben.

Bis dass der Tod uns scheidet, ja, traurig, aber wahr und kein Einzelschicksal!

## Das Wohnmobil

Das Wohnmobil steht an der Straße, wie immer. Es bewegt sich nicht, wie auch, sein Fahrer ist schließlich gestorben. Herzinfarkt nach Schneeschippen, der Klassiker, wie ich später von allen Seiten höre. Der Fahrer war mein Mann.

Jedes Mal, wenn ich im Haus die Treppe im Flur rauf oder runter gehe, scheint das Wohnmobil mich durch die Fenster anzuschauen. Es wartet. Anfangs ist der Anblick beruhigend, eine Konstante in meinem Leben, welches gerade in tausend Teile zersprungen ist. Irgendwann steht es nur noch herum und ist Erinnerung, Vorwurf, Mahnung, Verkehrsberuhigung und vieles mehr.

Die Zeit vergeht, Tage, Wochen, dann Monate. Und plötzlich spüre ich, dass es weg muss. Ich ertrage den Anblick des Wohnmobils nicht mehr! Die ständige Erinnerung an meinen Mann und seinen großen Traum: Genau dieses Wohnmobil! Der Anblick ist belastend, steht für all das, was jetzt in meinem Leben zu räumen und zu richten ist! Weg damit, sofort, am besten gestern! Ausräumen, Mann, wie viel ging da rein! Aber nach einem Tag ist es geschafft.

Der erste Händler, der das Wohnmobil besichtigt, will es geschenkt haben, diesen Eindruck vermittelt er zumindest. Ausnutzen einer vermeintlichen Notlage nennt man das wohl, aber nicht mit mir! Ich kenne den Wert, zumindest einigermaßen. Das Optimum muss es nicht bringen, ein Verkauf an einen Wiederverkäufer, sprich Händler, ist in Ordnung, dafür nehme ich auch einen Abschlag in Kauf. Aber keinen Verkauf um des Verkaufens willen!

Ich schalte eine Anzeige im Internet. Mühsam die Erstellung, die Eingabe all der Details, aber notwendig. Die Anzeige ist noch gar nicht richtig freigeschaltet, schon der erste Anruf. Ein Händler ist dran, gebrochenes Deutsch, aber der klare Wille, das Wohnmobil kaufen zu wollen, erste Kaufverhandlungen am Telefon. Der Preis sinkt, einverstanden, Hauptsache verkaufen, möglichst schnell, noch liegt der Preis deutlich über der eigenen Mindest- und Schmerzgrenze! Es ist Samstagmittag, am Dienstag könne er kommen, sagt der Händler. Okay, ich vertraue ihm und stelle die Anzeige offline.

Keine zehn Minuten hat das Ganze gedauert.

Sollte ein Verkauf wirklich so einfach sein?

Der Dienstag kommt und ich fahre zum Bahnhof um den Händler abzuholen, denn Taxen müssen in unserer Gegend vorbestellt werden. Zudem steht das Wohnmobil inzwischen in Bahnhofsnähe, Zuhause wollte ich den Händler nicht haben.

Ich erkenne den Händler sofort, die roten Nummernschilder für die Überführung schauen aus der mitgebrachten Tasche.

Sinnloses Geplapper auf der kurzen Autofahrt zum Wohnmobil, Smalltalk, was sonst mit einem Fremden. Dann befangene Stille.

Das Wohnmobil wird auf Herz und Nieren geprüft, kleinere Wehwehchen sind vorhanden, aber im Großen und Ganzen besteht es den Gesundheitstest. Probefahrt, Nachverhandlungen beim Preis, hm, nicht unerwartet, nicht wirklich mein Metier. Der Händler will es kaufen, ich will es los werden, er ist deutlich besser im Verhandeln, routinierter, das ist sein Alltagsgeschäft. Mein Widerstand schmilzt dahin.

Interessant wird es beim Ausfüllen des Kaufvertrags, beim Austausch der Personalien. Ich hatte ihn auf mein Alter plus fünf Jahre geschätzt, er mich auf sein Alter. In Wirklichkeit ist er fünf Jahre jünger als ich. Was sagt mir das über mein Aussehen? Trauer scheint mir gut zu stehen, schwarz macht bekanntlich schlank. Aber dieser kurze Austausch von Höflichkeiten tut mir gut. Ein Stück Normalität in einer schweren Zeit. Der Mann ist mir sympathisch.

Am Ende verlasse ich fluchtartig und tränenblind das Wohnmobil, ohne Blick zurück, ohne Abschied, es geht nicht mehr. So unhöflich bin ich sonst nicht. Daher wünsche ich etwas später, als ich wieder klar denken kann, per Mail eine gute Heimreise.

Das ist der Anfang eines knapp eineinhalb Jahre andauernden, teilweise recht intensiven Kontakts.

Letztendlich hat der Händler den vollen Preis für das Wohnmobil bezahlt, den Restbetrag nur in anderer Währung.

Das war der beste Verkauf meines Lebens!

# Wie geil ist das denn?

Dieser Satz geht mir schon seit Tagen nicht aus dem Kopf. Auch nicht nachts, vor allem nicht nachts. „Schlaflos in Seattle", ja. Zu diesem Satz gehört für mich eine Werbung aus vergangenen Zeiten. Wofür geworben wurde, weiß ich nicht mehr. Aber die Situation ist folgende: Zwei Männer treffen sich nach längerer Zeit wieder und der eine zeigt Fotos: „Mein Haus, mein Auto, mein Boot, meine Frau" Okay, die Frau ist vielleicht auch nur von mir hinzugefügt. Der andere lässt sich nicht lumpen und präsentiert ebenfalls Fotos: „Meine Villa, mein Sportwagen, meine Jacht," und ja, folgerichtig müsste hier vielleicht jetzt kommen: „...meine Mätresse". Aber wie bereits geschrieben, den Zusatz mit den Frauen bilde ich mir bestimmt nur ein.

Lange Zeit habe ich nicht verstanden, mit welchem Stolz und Pathos Männer ihre Besitztümer miteinander vergleichen. Vielleicht eine Abwandlung von „Welcher ist länger?". Verstehe ich immer noch nicht so richtig, den Vergleich und den Wettbewerb der dahinter steht. Aber den Stolz auf das „Eigene", nein, nicht das Jodeldiplom von Frau Hoppenstedt alias Evelyn Hamann, kann ich nachvollziehen. Denn mein Haus ist inzwischen grün, mein Auto hat mein Logo auf der Motorhaube, meine Website hat ein Alleinstellungsmerkmal. Allein das Possessivpronomen „meins". Das hat eindeutig was, und zwar Bedeutung! Früher hieß es „bei uns zu Hause", „unser". Und jetzt ist es „meins"! Was für ein Unterschied. Ich kannte „meins" nicht wirklich. Natürlich hatte ich meine Kleidung, meine Bücher, aber „meins" so in richtig großen Dingen, das hatte ich nicht. Ich besaß immer nur Teile von etwas. Heute habe ich meine Männer, Hannes und Kurt, im Garten stehen. Da ist es wieder, das Wort „meins". Ich kann mich gar nicht satt sehen und hören an dem Wort. „Meins" kann berauschend sein, „mein" Erfolg bei den Personalratswahlen, „meine" Geschichten und „meine" Leserschaft. Alles meins! Was für Raum dieses Wort einnimmt. Während meiner gesamten Ehe hatte ich zwar „ein Zimmer für mich allein" (Virginia Woolf), wörtlich genommen, aber dieses knapp 10 qm große, oder besser, kleine Zimmer war alles was ich an „meins" hatte. Klein, bedrückend, vollgestellt, überladen. Heute kann ich mir gar nicht mehr vorstellen, wie ich Jahrzehnte mit so wenig Raum auskommen konnte, wie eng das alles war. Nicht das wir keinen Platz gehabt hätten, sondern weil mir kein Raum gelassen wurde. Das ist ein himmelweiter Unterschied. Ich bin inzwischen süchtig nach Raum und „meins"! Ich brauche Platz, mein Schlafzimmer ist ein Beispiel dafür: leer, nein, natürlich nicht, denn sonst wäre es kein Schlafzimmer, aber mit Bett, Nachttisch, Teppich und Stehlampe sowie, purer Luxus, großem Ölbild an der Wand, eher karg eingerichtet. Sehr viel leerer Raum um mich herum. Und trotzdem kann ich manches Mal nachts nicht schlafen, weil mich der Rest des Hauses noch einengt.

Frauen und Besitz bzw. Frauen und Eigentum, im Sinne von Vermögen, so lange gibt es diese Beziehung zwischen den Beiden noch nicht, wenn wir auf die Durchschnittsfrau der letzten Jahrhunderte schauen. Wie war denn in diesen Zeiten die Verteilung von Vermögen zwischen Mann und Frau? Bevor ich hier thematisch tiefer einsteige, mache ich es mir leicht und weise einfach nur auf folgendes hin: 1958, erst oder leider, je nach Sichtweise, trat in Deutschland das Gesetz über Gleichberechtigung von Mann und Frau in Kraft und der Mann hatte zumindest nicht mehr in allen Eheangelegenheiten das letzte Wort. Denn bis dahin verwaltete er das, von der Frau mit in die Ehe gebrachte, Vermögen einschließlich Zinsen oder einem eventuellen Gehalt der Ehefrau. Erst ab diesem Jahr waren Frauen berechtigt ein eigenes Konto zu führen, und das ist gerade mal 63 Jahre her, weniger als ein normales Frauenleben! Und, wenn ich schon dabei bin, noch im Jahr 1977 durfte eine Ehefrau in Westdeutschland nur dann berufstätig sein, wenn das „mit ihren Pflichten in Ehe und Familie vereinbar" war. Das bedeutete, der Ehemann „prüfte" die Vereinbarkeit und hatte die Berechtigung, das Arbeitsverhältnis der Ehefrau zu kündigen, auch gegen deren erklärten Willen und Widerspruch!

Wenn ich mir dies wieder so ins Bewusstsein rufe, dann weiß ich „meins" noch deutlich mehr zu schätzen!

Mein Haus, mein Auto, mein Raum, meine Webseite!

Ja, so muss es sein und deshalb lautet die Antwort auf die Frage zu Beginn dieses Beitrags: Total geil!

## Die Kurschatten

Ich war in der Klinik, stationär. Richtig akut krank, keine Reha. Was Psychosomatisches halt, kein Wunder nach dem letzten Jahr. Pünktlich zum ersten Todestag meines verstorbenen Mannes. Als wäre das alleine nicht schon genug, kam noch Ärger mit den Handwerkern, mein aus allen Nähten platzendes Haus aufgrund der Leidenschaft meines Mannes alles zu horten, die Überforderung bei der Arbeit, der missmutige und sehr laute Zimmerkollege, echte gesundheitliche Probleme und die Entwicklung eines Tics dazu. Hier war ich nun! Diese Klinik am Chiemsee sollte für die nächsten sechs Wochen mein Zuhause werden, aber das wusste ich zu dem Zeitpunkt noch nicht.

Frühstück ab 6.45 Uhr im Speisesaal, da saß ich nun am ersten Morgen, schaute mich um und sah so gut wie niemanden. Am Nebentisch ein Mann, großgewachsen, nett aussehend, okay. Und ansonsten gähnende Leere. Wo blieben sie, die Mitpatienten und Mitpatientinnen?

Später sah ich den Herrn bei der Tanztherapie wieder, er schien sehr nett zu sein, einfach mal abgecheckt. Noch später einen Blick auf das Namensschild am Tisch geworfen, Datenschutz sieht anders aus! Prof. Dr., nach persönlicher Bekanntschaft kam noch ein Dipl. Ing hinzu, fast schon wie adelig.

Irgendwann wechselten wir die ersten Worte, wir waren bei den Mahlzeiten immer recht zeitig da, während unsere Tischnachbarn sich verspäteten oder einfach von Pünktlichkeit nichts hielten. Ich hörte ihm gerne zu, dem Prof. Dr. Dipl. Ing, der freiwillig wegen eines drohenden Burnouts hier war. Arbeitet in einer Behörde, gut, in Leitungsfunktion, während ich ein kleines Licht, eine Befehlsempfängerin bin, aber immerhin eine Gemeinsamkeit. Denn kennst Du eine Behörde, sind Dir die Strukturen anderer Behörden nicht fremd.

Wir trafen uns abends und er stellte mir den Graphiker vor, Depressionen, aber was bedeutet schon so eine Diagnose? Nicht mehr oder weniger als eine Schublade, die gerade frei ist…

Was sagt das über den Menschen aus? Die nächsten Wochen waren wir zu dritt unterwegs, ein „Dreamteam" und verbrachten sehr viel freie Zeit zusammen, ich und meine Kurschatten. Ja, so nannte ich sie. Mir machte es Spaß die teilweise schockierten Blicke der anderen, ob Ärzte und Therapeuten oder

Mitpatienten, zu sehen, wann immer ich diesen Begriff gebrauchte. Es waren keine Kurschatten im klassischen Sinne, kein Sex! Ich hatte den Begriff extra vorher gegoogelt und der Duden gab mir recht: Im platonischen Sinn kann der Begriff „Kurschatten" auch gebraucht werden, wird selten genutzt, ist aber möglich!

Am Wochenende der erste „Ausgang". Obwohl bei mir von Gehen nicht die Rede sein konnte. Ich war gehandicapt, ein geschwollener linker Fuß, laufen so gut wie unmöglich. Wir entschieden uns dann für eine Fahrradtour. Der Professor hatte sein eigenes Fahrrad dabei, der Graphiker und ich mieteten uns eines. Beide Herren sahen sehr sportlich und trainiert aus, also nahm ich vorsichtshalber ein E-Bike. Die Kurschatten hielten das für unnötig, sie versicherten mir mehrfach, sie würden notfalls auf mich warten. Die Botschaft hörte ich wohl, allein mir fehlte der Glaube!

Wir brachen zu der ersten von vielen Fahrradtouren auf und es war ein Genuss. Fortbewegung ohne Schmerzen, unterwegs um die Welt zu erkunden, einfach die Klinik verlassen und draußen in der freien Wildbahn sein, dem Wind, dem Wetter und der Sonne ausgesetzt.

Es war eine kurze Tour. Der Graphiker und ich, wir mussten uns erst an die Fahrräder gewöhnen, der

Professor führte uns. Es war ein herrlicher, sonniger Tag, soviel weiß ich noch! Ich hatte keine Schwierigkeiten das Tempo zu halten, aber das E-Bike war gewöhnungsbedürftig. Ich war seit Jahren nicht mehr gefahren und das E-Bike ist um einiges schwerer als normale Fahrräder. Aber ich hatte Spaß, zumindest bis zu dem Zeitpunkt, als mitten im Wald das Schild auftauchte „Radfahrer absteigen". Darüber ein Zeichen, welches ein 11 % Gefälle ankündigte. Und was machten die Jungs? Die Kurschatten? Nichts mit Absteigen, runterfahren war bei denen das Gebot der Stunde! Da stand ich nun, in mir tobte ein Streit. Absteigen und Weichei spielen? Würden sie mich dann noch einmal mitnehmen? Runterfahren und vielleicht stürzen? Was konnte passieren? Versagen der Bremsen, großes Gewicht, wie war das nochmal mit der schiefen Ebene und Geschwindigkeit? Ich kannte das Fahrrad nicht, zum Ausdiskutieren mit mir selbst blieb keine Zeit, die Kurschatten waren schon lange nicht mehr zu sehen. Gehen und Schieben ging nicht, ich konnte das linke Bein, den linken Fuß ja nicht belasten. Fleisch wächst nach! Also nahm ich all meinen Mut zusammen und hoffte das Beste! Ja, ich hatte Angst, die Böschung links des Weges war steil, manchmal rutschte der vordere Reifen etwas weg, denn ich musste durchgängig bremsen, aber dann auch: Was für ein Spaß! Adrenalin pur! Ich war ganz außer Atem vor Aufregung und Anstrengung als ich unten ankam und die Jungs vor mir sah, die lässig auf mich warteten. Anscheinend hatten sie nie in Zweifel gezogen, dass ich ihnen auf dem Fahrrad folgen würde! Was für ein Erlebnis!

Das E-Bike, bzw. dessen Motor, habe ich dann auch nur ein einziges Mal tatsächlich gebraucht, als es einen sehr steilen, langgezogenen Hang hinaufging und ich im „Sportmodus" fahrend, den Daumen hochhaltend, an den Beiden vorbeifuhr. Dieses eine, dieses einzige Mal, gönnte ich mir die volle Unterstützung der Elektrik. Tolles Gefühl, auch wenn ein bisschen Schuldgefühl dabei war. Aber das Fahrrad den Berg hochschieben, wäre wegen des „Nicht-Gehens-Können" einfach nicht gegangen!

Am Ende des Tages wusste ich, dass die Kurschatten ihr Versprechen hielten und auf mich mit meiner deutlich schwächeren Kondition Rücksicht nahmen, und zwar immer und bei jedem Ausflug! Ich mietete kein E-Bike mehr, sondern ein Treckingrad, lernte wenigstens rudimentär die verschiedenen Gänge zu nutzen und war unheimlich gerne mit diesen Männern unterwegs! Die Ausflüge waren nicht nur wegen der besuchten Gegend schön, auch weil ich mich als Teil eines Teams fühlte. Jeder nahm auf die Eigenheiten der anderen so weit wie möglich Rücksicht, in meinem Fall führte dies z. B. zu regelmäßigen Pinkelpausen in Cafés und Gaststätten. Die Herren hätten im Gegensatz zu mir ja auch in den Wald gehen können…

Was für mich sehr lange Zeit gewöhnungsbedürftig war, war die Leichtigkeit, mit der kleinere Regelverstöße begangen wurden. Dass „Radfahrer absteigen" für die beiden eher eine Empfehlung denn ein Gebot war, musste ich neben vielen anderen Dingen erst lernen.

Und dann die Themenvielfalt, das Wissen und die Kenntnis der beiden über Filme, Musik, Bücher, das Leben überhaupt! Wenn ich nicht selbst erzählte, hing ich an deren Lippen und sog das Fremde ein wie einen Softdrink. Der Zuckerrausch folgte regelmäßig, denn im realen Leben bin ich Wassertrinkerin.

Der Graphiker, meine Güte, was der schon alles erlebt hatte, und allerdings erzählte er uns angeblich gerade mal die „jugendfreie" Version! Und dabei hatte er nur sehr wenig Alkohol intus. Der Professor, was der alles wusste, den Inhalt unzähliger Bücher konnte er erzählen, einschließlich Autor und dessen Vita. Da war ich platt. Und wenn beide sich in Halbsätzen über bestimmte Filme austauschten, die Szenen einander ergänzend, dann kam ich mir vor wie in einem Theater mit einer Aufführung nur für mich!

So vergingen drei herrliche Wochen. Über die dunkleren Zeiten, wie ausfallende Therapien, das

Alleingelassen werden vom Klinikpersonal bei ernsthaften Problemen, die unvermeidlichen Rückfälle, darüber decke ich den Mantel des Schweigens.

Die Zeit des Prof. Dr. war vorbei, er verließ uns, ließ mich und den Graphiker zurück und so wurde aus einem Trio ein Duo. Konnte das der Kurschatten tatsächlich machen? Konnte er, aber er ging nicht ohne Abschied, ein Abschiedsgeschenk für jeden von uns. Wie vieles an ihm, war auch dies sehr durchdacht.

Irgendwann war die Zeit der Kurschatten vorbei, eine Zäsur, Halbzeit! Was habe ich von den Jungs gelernt, was brachte mir die „Seniorenbetreuung", wie ich es auch manchmal scherzhaft nannte, ein? Eine ganze Menge, auch wenn die beiden es nicht so sehen.

Ich lernte den unverkrampften Umgang mit dem anderen Geschlecht, ich lernte, dass kleinen Regelverstößen keine Strafen folgen muss, dass jeder sich mal irren kann, dass Vertrauen ein tolles Gefühl ist, dass das Leben nicht endet, nur weil das halbe, auf den Professor geworfene, Auge zurückkommt, dass, so belastet das Wort auch ist, Kameradschaft mit Männern möglich ist, dass das Leben trotz oder gerade wegen des Klinikaufenthalts weitergeht und Gespräche mit Männern anderen Regeln folgen als reine Frauengespräche.

Die Kurschatten sind das Beste, was mir in den letzten Jahren passiert ist, und das liegt nicht daran, dass die Erinnerung rosa gefärbt wäre, sondern an den beiden selbst! Und meiner perfekten Auswahl natürlich!

## „Sitzmal" statt Denkmal

Montagnachmittag, Anfang August 2020. Ich habe in Schweinfurt in der Wohnung meines Sohnes zu tun. Vorher gehe ich aber in den nahegelegenen Wildpark. Gucken, wie es „unserer" Bank geht. Die Bank, die wir, mein Sohn und ich, uns gegönnt haben, sprich, den Besuchern, der Allgemeinheit, gespendet haben. „Unsere", weil eine selbst ausgesuchte Widmung montiert ist.

Die Idee kam uns letzten Herbst, als wir mit der Räumung der Hinterlassenschaften meines Mannes so ziemlich fertig waren. Und was haben wir geräumt in den letzten drei Jahren, so unfassbar viel. Bauschutt, fast 2 Tonnen, Altmetall 1,5 Tonnen, Holz gut 1 Tonne, Elektroschrott, die Fahrten zum Abfallwirtschaftszentrum mit dem großen und kleinen Anhänger, nicht zählbar, vom Müll ganz zu schweigen, plus diverse randvolle Altpapiertonnen. Alles was ein Mann so ein Leben lang sammelt, damit er sich nach Rentenbeginn damit beschäftigen kann.

Aber der Tod war schneller als die Rente, so ist das manchmal.

Mein Sohn und ich waren zeitweise gar nicht gut auf den Verstorbenen zu sprechen, nicht verwunderlich, bei dem Leben, welches wir zu dritt geführt haben, zu zweit haben wir es deutlich besser! Damit trotzdem etwas an den Menschen, der mehr war als nur mein Mann, als nur der Vater eines Sohnes, erinnert, kamen wir bereits im Sommer 2018 auf die Idee dem Wildpark in Schweinfurt zweckgebunden Geld zu spenden. Dort hatte mein Mann schon als Kind gespielt, dem Wildpark fühlte er sich verbunden. Wir waren daher der Meinung, dass genau dies der richtige Ort für ein kleines Denkmal für ihn wäre. Natürlich ein Einzeldenkmal, keine Latte am Rentierzaun, keine Planke am Schiff von Käpt'n Lasse, nein, nach Rücksprache mit dem Park sollte es eine Sitzbank mit Lehne sein, eine ganze, obwohl es auch "halbe" gegeben hätte. Wir durften uns den Ort für die Bank aussuchen, was uns ziemlich leichtfiel und schnell ging, mit der Widmung hatten wir dagegen Probleme. Aber eines Sonntags waren wir so richtig in Stimmung: Die Räumung einer winzigkleinen Kammer hatte uns ganze vier Stunden beschäftigt, wir brauchten einen Ausgleich. Wir fuhren also in den Wildpark zum Spazieren gehen und runterkommen und plötzlich war er da, der

Spruch für die Bank: „Klaus Peter Richter hat uns sitzen lassen †". Eindeutig zweideutig, ja, aber so treffend! Und so steht sie da, seit Frühjahr 2019, die Denkmal-Bank für einen besonderen Menschen. Eine ist keine, also beschlossen wir letztes Jahr uns zu unseren Lebzeiten, nach dem Tod haben wir ja nichts mehr davon, ein eigenes „Sitzmal" zu gönnen. Das hatten und haben wir uns verdient! Die Bank steht neben der anderen und mit der Widmung „Aufstehen, aufräumen, die eigenen Träume leben!" erzählen beide Bänke zusammen laut meiner Therapeutin in Kurzform die Geschichte eines Lebens. Die Frage ist nur: Wessen Geschichte?

## Putzfee

Die Putzfee, der Putzfee? Hm, laut Wikipedia kann Fee sowohl weiblich als auch männlich sein, aber in erster Linie brauche ich eine griffige Bezeichnung für eine Reinigungskraft. Putzfrau klingt in meinen Augen so herablassend, Haushaltshilfe, ja geht, impliziert aber fast schon mehr als nur putzen, hm. Früher hieß die Putzfrau auch „Perle", war sie wohl in den meisten Fällen auch, meine ehemaligen Putzfrauen waren es eher nicht.

Ich beschäftige Haushaltshilfen, seitdem ich 1995 nach Franken gezogen bin, also schon sehr lange. Voll- bzw. Teilzeit arbeiten, Haushalt, Kind, Garten, Ehemann, alles für mich nicht zu schaffen, wenn auch noch ein bisschen eigene freie Zeit dabei herausspringen soll. Außerdem hasse ich putzen! Wenn ich im Haushalt arbeiten wollte, hätte ich etwas Entsprechendes gelernt. Rechnerisch war es auch immer günstiger, selbst 10 % mehr Teilzeit, zu arbeiten, als zu putzen, Pension und so.

Schon wieder in die Falle der Rechtfertigung getappt, blöd, habe ich in all den Jahren nichts gelernt? Anscheinend nicht. Ich muss mich doch nicht dafür rechtfertigen, wenn ich einem anderen Menschen zu einem sogenannten „Minijob" verhelfe. Tue ich aber, steckt noch so drin, berufstätige Frauen sollen alles schaffen, auch den eigenen Haushalt. Dabei bin ich gar keine Ausnahmeerscheinung. Sobald ich über Haushaltshilfen rede, sprechen auch andere Frauen von „ihren" Putzfrauen, geht doch.

Hausangestellte, denn das sind die „Mini-Jobber" ja, oder sollten es zumindest sein, angemeldet bei der Knappschaft, mit Arbeitsvertrag und Urlaubsanspruch, Lohnfortzahlung im Krankheitsfall und Kündigungsfristen, sind hier im ländlichen Raum schwer zu finden, meine Erfahrung. Aber weiß ich, welchen Ruf als Arbeitgeberin ich da „draußen" habe? Ob es auch daran liegt?

Wählerisch bin ich die letzten Jahre nicht mehr wirklich gewesen, sondern habe eher diejenigen genommen, die anriefen und sich tatsächlich persönlich vorstellten. Die Ungarin mit ihrem wenigen Deutsch, sie blieb immerhin zwei Jahre. Die Leistung wurde allerdings mit der Zeit immer weniger, bloß nichts sagen, keine Neue suchen wollen, genügsam werden. Die ältere Studentin war klasse, aber kam mit der Belastung Studium, Corona und Nebenjob nicht zurecht. Aber sie blieb zumindest so lange bis Mitte 2020 der Gips an meinen beiden Handgelenken abgenommen wurde und ich meine Finger wieder etwas bewegen konnte. Das fand und finde ich immer noch sehr rücksichtsvoll von ihr.

Sie ersetzte damals eine Polin, die Frau war die einzige echte Katastrophe unter all den Frauen. So etwas hatte ich noch nicht erlebt, was in ihrer Zeit alles kaputt ging, ach Du meine Güte! Nein, die Dinge gingen nicht kaputt, sondern wurden unachtsam behandelt, Anweisungen ignoriert, einfach schlampig gearbeitet. Wenn ich daran zurückdenke, bin ich immer noch zornig und wütend, denn viele Schäden wären vermeidbar gewesen!

Und dann war es wieder so weit, eine neue Anzeige musste aufgegeben werden, dringend, denn schön reden mit „Putzen ist Fitness in Zeiten von Corona" oder „Wieder Geld gespart!" halfen einfach nicht mehr gegen die wöchentliche Plackerei am Samstag oder Sonntag! Meine chronische Unlust zum Wischen, zum Staub saugen, zum Putzen halt, nahm einfach kein Ende! So viel Zeit für nichts Reelles, das ist mir meine Fitness nicht mehr wert und Geld, was soll's, da spare ich lieber wo anders. Schluss, aus, Ende!

Ein, zwei Frauen riefen an, klangen ganz gut, und der dritte Anruf kam von einem Mann. Schluck! Ein

Mann. Putzen? Bei mir? Plötzlich merkte ich, dass ich gar nicht so tolerant und aufgeklärt bin, wie ich immer tue, wie ich gern sein würde. Gleichberechtigung, dafür trete ich ein, und dann muss ich schlucken und nachdenken, wenn ein Mann sich bei mir auf eine Putzstelle bewirbt? Der Vorstellungstermin wurde ausgemacht, war ich froh, als er ihn plötzlich verschob. Bin das wirklich ich, die da plötzlich Bedenken hat? Klares Deutsch sprach er auch nicht, der Name klang nach Migrationshintergrund, das letzte Buch über Alltagsrassismus liegt noch warm von meiner Hand auf dem Tisch.

Theorie und Praxis sind plötzlich zwei Dinge! Das hätte ich so nicht von mir gedacht, ich gebe mir einen Ruck, vereinbare einen neuen Termin und harre der Dinge, die da kommen. Die Frauen erscheinen nicht zum Vorstellungsgespräch, natürlich ohne Absage, unhöflich ja, aber leider schon fast Standard. Der Druck wird größer, je näher der Vorstellungstermin mit dem Mann kommt. Es klingelt und ich bin kaum noch überrascht, dass ein „People of Colour" vor mir steht. Höflich, zuvorkommend und ja, tatsächlich auch qualifiziert! Probeputzen wird vereinbart und siehe da, der Mann kann was, ist schnell und sehr bei der Sache. Deutlich besser als manche der Frauen, die ich vor ihm beschäftigt hatte.

Interessant sind für mich in diesem Zusammenhang die Reaktionen, wenn ich erzähle, dass ich einen „Putzmann" habe: „Putzt der nackt?" Beim ersten Mal dachte ich noch, ich hätte mich verhört, aber nein, leider Realität. Und diese Frage kommt durchaus von Frauen, von denen ich dies nie vermutet hätte. Spaß? Wirklich? Einfach nicht nachgedacht? Ich war und bin schockiert ob dieser Frage, denn wenn ich von meinen Putzfrauen berichte, kommt diese Frage nie! Messen mit zweierlei Maß, auch noch im Frühjahr 2021!

Ich habe definitiv aus der Einstellung des Putzmannes etwas gelernt, auch wenn ich dafür über meinen Schatten springen musste (auch Sport):

Putzfee ist Putzfee, egal ob blass oder farbig, männlich oder weiblich, allein die Qualifikation entscheidet über den Titel „Putzfee"!

## Aktfotos

03/2020:
Ich habe Probleme mit meiner Weiblichkeit, ja, definitiv! Letzten Sommer, es war das Jahr 2019, einen Bikini gekauft, angezogen und damit einmal durchs Schwimmbad gegangen, Höllenqualen ausgestanden, aber nicht aufgegeben! In Kuba am Strand im Bikini spazieren gewesen, mit mir und der Welt zufrieden, okay. Morgens um 7.00 Uhr ist ja auch nicht besonders viel los, da wird es gerade mal hell. Aber dort am Strand fasste ich den Entschluss: Aktfotos müssen her, um mir meine Weiblichkeit zeigen zu lassen. Zu sehen, ob und was dran ist, wenn Kerl A meinen Arsch „Supergeil!" findet und Kerl B heute noch von dem kurzen Blick auf meine Brüste schwärmt. Wie ging ich vor? Als erstes fragte ich bei einer Bekannten, von der ich wusste, dass sie vor Jahren professionelle Aktfotos von sich machen ließ, nach der Adresse ihres Fotografen. Leider ist die betreffende E-Mail bis heute unbeantwortet... Zum

Haus- und Hoffotographen um die Ecke gehen? Keine Option! Aber wozu gibt es die wundervolle Erfindung Internet? Dort wurde ich auch relativ schnell fündig, entschied mich für ein Studio in München, in dem nur Frauen arbeiten, denn ich wollte mich beim ersten Mal nicht überfordern. Durch den Aufenthalt in München hatte das Ganze auch gleich einen eigenen Event-Charakter. Und wenn ich schon einmal dort bin, dann natürlich auch gleich das volle Programm, sprich Visagistin, eine Stunde lang Aufnahmen und drei Outfits.

Drei verschiedene Outfits, da fing doch das Problem schon an. Nummer 1: Nackt, klar. Nummer 2? Hm. Meine blauen Lieblingsdessous, naja. Ich habe ja eh nur zwei Sets. Und Nummer 3? Lagen da nicht noch halterlose Strümpfe im Kleiderschrank herum, Überbleibsel aus dem Geschreibsel mit der „Dominanz" aus dem Frühjahr 2019? Ja, die sollten es tun, dazu die berühmt-berüchtigten roten Schuhe und die roten Dessous, fertig ist die Nummer 3! Geritzt, so mache ich das!

Die Fahrt nach München verlief störungsfrei. Ein leichtes Aufregungsgrummeln im Bauch wurde einfach ignoriert. Den Nachmittag mit einer Bekannten verbracht, viel Gerede, viel Input, viel Herumlaufen. Nach einem guten indischen Essen, noch vor neun, todmüde und erschöpft ins Bett, sieben Stunden durchgeschlafen, den Rest der Nacht auch noch irgendwie herumgebracht...

Nach dem Duschen ausgiebig mit einer Körperlotion eingecremt, die soll ja beruhigen. Ja, Lavendel war genug enthalten, ich wurde tatsächlich relativ ruhig. Oder war ich schon wieder müde?

Im Fotostudio fragte mich die Visagistin wie ich geschminkt werden möchte. Ups, darüber hatte ich mir tatsächlich keine Gedanken gemacht. Mein erste Antwort war "Wie ich selbst", bevor ich mich gleich selbst korrigierte „Dann sehe ich ja aus wie immer und brauche Sie gar nicht!" Wir einigten uns auf „natürlich". Ich schloss die Augen und als ich sie eine Stunde später wieder öffnete, war ich fasziniert: Das war ich und doch nicht ich! Eine gutaussehende Frau schaute mich an, von 57 Lebensjahren keine Spur! Ich konnte gar nicht mehr aufhören zu lächeln, mir gefiel, was ich sah!

Szenenwechsel: Vorbesprechung der Fotos. Ich hatte mir vorher Gedanken gemacht und jedem Outfit ein Motto zugeordnet, und zwar „Zeigen Sie mir meine Weiblichkeit!" zu nackt, „Erotik, warum nicht?" zu den blauen und „Experiment, da geht noch mehr!" zu den roten Dessous und den halterlosen Strümpfen.

Mit meinen Lieblingsdessous ging es los, da fühlte ich mich, trotz aller Entblößung, noch wohl. Ungewohnt und anstrengend war es, aber alles wirkte professionell und machbar.

Die roten Dessous mit den halterlosen Strümpfen und den hochhackigen roten Schuhen waren schon ein deutlich anderes Kaliber. In dieser Aufmachung fühlte ich mich verkleidet, da hatte ich den Faschingsmontag anscheinend zu ernst genommen. Die Posen waren auch schon deutlich gestellter, unnatürlicher. So gar nicht meins. Unwohl trifft mein Gefühl wohl am besten.

Und zum Schluss die ultimative Herausforderung: nackt! Da nahm ich auch zum ersten Mal meine Brille ab, mit derselben Intention wie Kinder die Verstecken spielen, indem sie sich die Hände vor die Augen halten, nach dem Motto: „Ich sehe Dich nicht, also siehst Du mich auch nicht!". Trotzdem fühlte ich mich wehrlos, angreifbar, nackt und hilflos. Da half auch meine Kette nichts. Die Kette mit dem Kettenanhänger in Form eines Mädchen mit beweglichen Armen und Beinen, dem Totenkopf im Haar. Dem Mädchen, das immer für Spiel und Spaß zu haben ist. An diesem Tag lag es wie tot auf meiner Haut. Von mentalem Beistand keine Spur, nichts zum Festhalten.

Am Ende der Fotoaufnahmen war mir kalt. Es dauerte trotz warmer Kleidung einige Zeit, bis ich wieder

Wärme verspürte, trotz des Stolzes, diese Herausforderung gemeistert zu haben.

Was ist die Schwierigkeit, Nacktfotos von sich anfertigen zu lassen? Hat das was mit dem Ausziehen vor Fremden an sich oder mit dem Alter der zu fotografierenden Person zu tun? Denn je nach Sichtweise ist 57 Jahre ja auch schon mindestens mittelalt.

Episode am Rande: Meine Nichte fragte mich, was ich in München mache. „Aktfotos!" - "Ach komm, Ayla, im Ernst, was machst Du dort?" - „Aktfotos!" - "Die will ich dann aber nicht sehen!" Ich wäre überhaupt nicht auf die Idee gekommen, ihr die Fotos zu zeigen. Ihre Reaktion ist außerdem schon im Bereich der Altersdiskriminierung.

Zurück zu den Fotos: Diese liegen inzwischen vor. Die Resonanz, sobald ich sie meinen Freundinnen und ausgesuchten männlichen Bekannten zeige, ist mehr als positiv. Sie gefallen sogar mir selbst und ich spüre eine Veränderung! Voller Erfolg! Und es hat nicht einmal weh getan.

Und um dem Ganzen noch einen draufzusetzen, habe ich mir nicht nur mit den „Best of 31" eine Poster-Collage gestaltet, sondern auch noch individuelle Briefmarken. Jugendfrei, natürlich! Ich kann immer noch nicht glauben, dass diese Frau auf der Marke tatsächlich ich sein soll. Selbstwahrnehmung kann täuschen und in diesem Fall tut sie es tatsächlich!

09/2020:

Ein paar Monate später erwachte in mir der Wunsch nach neuen Fotos, denn die ersten empfand ich inzwischen als zu gestellt, zu sehr Standard, zu viel Körper und zu wenig „ich".

Beim zweiten Fotoshooting wollte ich lebendigere Fotos, einem Zusammenspiel aus Körper, Geist und Seele, Spiel und Spaß. Einfach mehr vom mir selbst zeigen. Auch dieses Mal bemühte ich wieder das Internet und stieß auf eine Seite, auf der ich meine Wünsche eingeben konnte. Fotografen aus der näheren Umgebung würden sich dann bei mir melden. Das Kontaktformular ausgefüllt und abgewartet.

Ja, es meldeten sich dann auch drei Unternehmen bei mir. Die Qualität war unterschiedlich. Auszubildende bei so einem heiklen Auftrag ans Telefon zu lassen ist natürlich Unternehmerentscheidung. Kundinnenentscheidung ist es aber dann, woanders zu buchen. Am Ende landete ich bei „Great Photoart" aus Fürth, welches sich später als eine sehr gute Entscheidung herausstellen sollte. Das Telefonat lief problemlos, ich wusste ziemlich schnell, was ich wollte, nämlich Fotos im Stil eines Pin-up Girls aus den Fünfzigern. Die Fotosession sollte bei mir Zuhause im Garten stattfinden. Der Preis passte mir auch sehr gut, Visagistin war dabei. Mein Geburtstagsgeschenk an mich selbst wartete auf das Auspacken.

Der Tag X im September 2020 kam näher. Sonniges, schönes Wetter, Aufregung, geschminkt werden in der Küche, kompetente Frauen. Hat was. Wir fingen mit Lockenwicklern im Haar, Bikini „Bauhaus" und einer alten Zinkbadewanne an. Großartig. Und es wurde noch besser, je mehr das Team sich einspielte. Eine Idee jagte die andere, großer Spaß bei der Verwendung der mitgebrachten Accessoires, Gelächter. Langsam wurde es aber auch anstrengend, die Zeit verging. Schluss, aus, Ende! Erst später am Abend wurde mir klar, dass ein Teil meiner Wünsche, meiner Vorstellungen für das Shooting nicht verwirklicht wurden. Was soll's, dann mache ich halt noch eins, irgendwann später.

Nach einer Woche wurden mir knapp 300 Fotos zur Auswahl vorgelegt, super. Fast keins dabei, welches von vornherein durchfiel. Und alles ich! Supersexy, yeah! Selbst die, auf denen ich richtig angezogen bin mit Kleid und Hut. Zehn davon wählte ich aus, ein Teil davon steht bei mir inzwischen im Wohnzimmer, so viele Besucher habe ich ja nicht. Und wenn doch? Meine Wohnung! Niemand muss gucken!

05/2021:
Inzwischen habe ich ein drittes und viertes Aktfotoshooting hinter mir, aber wenig Erinnerung an die beiden, eher an einige Aspekte der Umstände. Gemacht hat diese Fotos „mein" Wahlkampfmanager und Fotograf in Personalunion, der Mann, der in meinem Wohnzimmer saß und mir nach einem Blick auf die dort stehenden Fotos erklärte, das könne er aber besser. Deswegen war er aber doch gar nicht hier, mein Anliegen war doch ganz anderer Natur! Und dann die Gedanken: Nackt vor dem Mann? Himmel nein, nie! Wie kommt der darauf, dass ich mich in Dessous von ihm fotografieren lasse? Geschweige denn nackt? Und trotzdem habe ich es am Ende getan, irgendwie ist mir das selbst heute, sieben Wochen später, noch ein Rätsel. Warum habe ich die Herausforderung angenommen? Fand ich den Mann so interessant? Oder sein Interesse an mir? Wollte ich mir selbst etwas beweisen? Und wenn ja, was? Sehr rätselhaft, aber zurück zur Geschichte.

Ort des Fotoshootings sollte Berlin sein. In coolen Locations sollten erstklassige Fotos für meine zukünftige Website produziert werden.

Für die Aktfotos wurde dann allerdings vom Herrn, in Anlehnung an die Zinkwanne, eine Badewanne gewünscht. Freistehend sollte sie sein, wenn möglich. Ich liebe Herausforderungen, aber diese war schon heftig. Badewannen, gerade freistehende, sind keine Standartzimmerausstattung und werden als Ausstattungsmerkmal bei booking.com & Co. nicht gesondert gelistet. Letztendlich alles eine Frage des Preises und der Geduld, wie ich mit Hilfe meiner Münchener Freundin herausfand, die mir den Tipp gab auf „Boutique Hotels" zu suchen. Ich fand dann auch ein Hotel, welches den Kriterien, aber nicht der Deckung meiner goldenen Kreditkarte entsprach. Also alles auf Anfang, einfache Badewanne im Zimmer sollte reichen. Am Ende fand ich ein sehr zentral gelegenes Hotel mit tollem Interieur und dem einladenden Namen „Honigmond". Der Fotograf war mehr als zufrieden, obwohl keine Badewanne zur Ausstattung gehörte. Die war jetzt irgendwie nicht mehr wichtig.

Freitag, kurz vor Mitternacht im „Blauen Zimmer" war es dann soweit. Probeaktfotoshooting stand auf dem Plan. Trotz der fortgeschrittenen Uhrzeit kannte der Mann keine Gnade. Normalerweise schlafe ich jetzt schon. Und dann kam das Highlight des Tages, ungelogen! Einsetzen von Kontaktlinsen, denn das war auch einer der Wünsche des Fotografen: Keine Aufnahmen mit Brille, stört nur, sondern bitte schön mit Kontaktlinsen. Damit ich auch meine Einsätze nicht verpasse, denn ohne Sehhilfe sehe ich ja gar nichts. Maulwurf lässt grüßen.

Im Vorfeld war ich bereits beim Optiker meines Vertrauens. Der Deal sah am Ende in etwa so aus: Probekontaktlinsen in ungefähr meiner Sehstärke, dafür darf er hinterher die Fotos angucken. Noch vor zwei Jahren hätte ich nie gedacht, dass jemand freiwillig Fotos von meinem Körper sehen möchte und heute gibt es echte Nachfrage! Läuft!

Ich hatte mir vorher noch nie Kontaktlinsen eingesetzt, konnte die Linsen in der Flüssigkeit nicht einmal finden, aber ich hatte ja einen Mann für fast alle Fälle dabei.

An Details des Fotoshootings kann ich mich nicht erinnern, außer das mehr als die Hälfte meiner Dessous beim Fotografen „durchfielen". Und dass ich unfähig war die Kontaktlinsen wieder heraus zu bekommen, also wieder Hilfe brauchte. Fremde Finger in meinem Auge, naja, Vertrauenssache. So etwas machen Menschen freiwillig?

Am nächsten Nachmittag ein ähnliches Spiel im „Roten Zimmer", allerdings mit mehr Einsatz von meiner Seite, Augenbinde, huch! Und was war das an meinen Handgelenken? Und die Posen, kann frau die überhaupt so bezeichnen? Unbequem, ungewohnt und hoffentlich schnell vorbei...

Verdrängung funktioniert. Fotos liegen bis auf drei bisher nicht vor. Und die, die mir gezeigt wurden, gefallen mir nicht! Das sollte ich sein? Vielleicht wird es besser, wenn ich mir mehrere davon anschaue, wer weiß?

Nachtrag: Ich war mir lange Zeit auf den letztendlich überlassenen Fotos fremd. Ich erkannte die Frau auf den Fotos tatsächlich nicht als „Ich, Ayla". Es war zunächst keine Identifikation möglich. Heute finde ich das Thema immer noch sehr spannend, denn im November 2021 ließ ich weitere Aktfotos anfertigen. Weniger aus eigenem Bedürfnis heraus, eher als aus eine Möglichkeit, in Zeiten der Coronakrise Freischaffende zu unterstützen. Die in Kleidung aufgenommenen Fotos finde ich klasse, die in den Dessous so lala, auch hier wieder das Problem der Fremdheit, des Mich-nicht-erkennen-könnens. Mir fehlt bei all diesen Fotos ein Teil meines Selbst. Ein Teil, der bei den Fotos in meinem Garten vorhanden war, der Teil mit dem Spiel, Spaß, Humor. Ja, Erotik muss nicht ernst sein, aber in den Fotoshootings wurde eine gewisse Ernsthaftigkeit von mir gefordert, die ich nur teilweise liefern konnte. Für mich sind diese Fotos tatsächlich nicht „echt". Obwohl die Frau darauf sehr weiblich aussieht, eine gute Figur hat, für das Alter sowieso. Fremd- und Selbstwahrnehmung, in diesem Fall herrscht eine deutliche Diskrepanz. Aber ich gebe nicht auf! Der nächste Versuch kommt, ich kenne mich.

## Wohnungssuche

Bis vorgestern war ich auf der Suche nach einer Wohnung in Bamberg. Ich werde mein Haus verkaufen, es ist Zeit. Seitdem mein Kind in der Nähe von Hof arbeitet und nur noch am Wochenende Richtung Süden fährt, ist die Arbeit mit Haus und Garten nicht mehr zu bewältigen. Das Wochenende sollte der Erholung dienen und Gartenarbeit ist eben nicht immer nur Spaß und Sport an der frischen Luft. Außerdem ist es mir hier zu abgeschieden, ich will und muss hier raus. Es ist Zeit, auch wenn mein Haus inzwischen richtig schön geworden ist.

So, da fängt das Problem doch schon an: Natürlich soll der Umzug kein Abstieg der Verhältnisse bedeuten, sondern ich möchte schön wohnen, nur einfach in der Stadt. Ich brauche Platz um mich herum, viel Platz, sprich vier Zimmer, mindesten dreieinhalb. Kein Erdgeschoß, kein Dachgeschoß, Aufzug, meine Knie sind kaputt, Garage für meinen Mercedes, Balkon, ja, unbedingt. Separates Gäste-WC und eine

Einbauküche sind wünschenswert, auch wenn ich wenig koche. Gute Lage, sowieso. Innenstadtbereich, es muss möglich sein zu Fuß zum Finanzamt zu laufen, jeden Tag bei Wind und Wetter. Ganz schön lang die Liste. Und kosten soll die Wohnung natürlich auch nichts, klar. Okay, der letzte Punkt ist nicht ernst gemeint. Ich habe ein Budget aus dem Verkauf meines Hauses zur Verfügung, damit ist die Finanzierung der Miete kein Problem. Und dazu arbeite ich noch. Und ich bin gewillt das Geld tatsächlich auszugeben, mir Wohnen im „Luxus" zu gönnen. Sparen kann ich später immer noch.

Makler werden nach diversen Gesetzesänderungen nicht mehr für Mieter tätig, also fange ich ab Ende Oktober an, täglich die Immobilienseiten im Internet durchzusehen, mehrmals täglich sogar, und die Angebote zu sichten. Von meinen Anforderungen bleibt so wenig übrig, dass ich mich nach einer Woche frage, wie ich jemals eine Wohnung bis März 2022 finden soll. Anfang November starte ich zaghaft mit einer Wohnungsbesichtigung in einem Zweifamilienhaus in der Gartenstadt. Erstbezug. Meine Güte, was ist das denn? Gebaut für absolute Gewinnmaximierung, kein Wunder, dass die Wohnung heute immer noch angeboten wird wie Sauerbier: Nein danke, schlecht wohnen will ich nicht! Die zweite Wohnung lag im Hain, okay, gute

Wohngegend, aber bei näherem Hinsehen auch nichts für mich. Im Fahrstuhl hatte außer mir kaum noch eine Kiste Wasser Platz, das „Kinderzimmer" war „Living in a box" und das Bad, oh nein, wie klein. Und die Loggia, vergiss es. Aber die Vermieterin hätte mich gerne genommen, das „Verkaufsgespräch" war eine gute Übung, um meinen Marktwert zu testen. Dann stieß ich auf die Anzeige einer 4,5 Zimmer Wohnung, Maisonnette, wenige Bildern in der Anzeige, aber was ich sah, überzeugte mich. Die Wohnung schien meinen ganzen Wunschkatalog abzudecken, so etwas gibt es doch eigentlich gar nicht. Und bezahlbar! Die Vermieterin machte am Telefon einen sympathischen Eindruck, weitere Unterlagen verstärkten den Eindruck von „Die will ich, wenn sie hält, was sie verspricht". Einziger Wermutstropfen: Besichtigung frühestens in 14 Tagen. Nun lief mir so langsam die Zeit davon, hm, was tun? Ich hatte dann bis zum vereinbarte Besichtigungstermin noch drei weitere Wohnungen, natürlich sehr halbherzig, besichtigt, und natürlich hatte ich an allen etwas auszusetzen. Und die eine, die vielleicht, so in der allergrößten Not in Frage gekommen wäre, die „verbot" mir mein Kind. Ihm war die Wohnung zu schäbig. Wo ich „Potential" sah, sah er Arbeit. Kluger Kopf. In dieser Wohnung wurde mir endgültig klar, dass weniger als 100 qm zum jetzigen Zeitpunkt für mich einfach keine Option sind. „A room of One's Own" in Anlehnung an den Essay von Virginia Woolf ist mir deutlich zu wenig.

So kam der Montag näher, Besichtigungstermin 11.00 Uhr, ich war furchtbar aufgeregt, Bewerbungsgespräch der anderen Art. Ich kam nach 12 Minuten Fußweg, gerechnet vom Amt, an und sah zwei ältere Frauen vor dem Eingang auf mich warten. Groß und blond, nein eher grau, aber sympathisch, die eine war die Vermieterin, die andere ihre Freundin. Wir betraten das Haus, ich bestieg den großen Aufzug und vor der Wohnungstür traf ich wieder auf die beiden Damen, die die breite Treppe genommen hatten.

Wir betraten die Wohnung, die voll mit Handwerkern, Vermieter (Ehemann) und Vormieter war. Nach wenigen Schritten war mir klar: Die Wohnung hielt, was die Anzeige versprach! Genau das, was ich mir vorgestellt hätte, wenn ich denn konkrete Vorstellungen und keine Mindestanforderungen gehabt hätte. Einfach nur toll! Ein bisschen enttäuscht war ich im Bad, meinte ich mich doch an eine Badewanne in der Anzeige zu erinnern, aber hier begrüßte mich nur eine Dusche. Aber egal, der Rest passte. So viel Platz, alles für mich! Und dann gingen wir die Treppe hoch in den zweiten Teil der Wohnung unter dem Dach: Und da war es, das Badezimmer mit Wanne und dazu noch ein schöner großer Schlafraum. Okay, im Sommer vielleicht ein heißer Alptraum, aber hier und jetzt einfach nur herrlich.

Ja, diese Wohnung wollte ich haben. Was ich dann auch sehr deutlich zum Ausdruck brachte. Kein Überlegen, nur ein „Ja, ich will" sprachlich abgemildert in ein „Ja, ich möchte diese Wohnung mieten". Es war aber klar, dass es noch andere Interessenten gab, Familien mit Kindern. Ich kann vieles, aber mir keine Familie mehr zulegen, um diese Wohnung zu bekommen, abwarten also. Bei den Frauen hatte ich gepunktet, aber beim Vermieter?

Als ich abends müde und erschöpft von einem langen Tag nach Hause kam, war die Antwort da. Ein Rückruf und ich wusste, ich bekomme den Mietvertrag. Yeah! Wieder eine schlaflose Nacht, denn ohne Unterschrift nur eine Willensbekundung. Vertragsunterzeichnung war am Dienstag, alles lief glatt und nach der Unterschrift hätte ich vor Freude platzen können. Ich wusste gar nicht wohin vor Glück! Also Rundmail und Nachrichten an alle Bekannten und Freunde, kein Entkommen, da musste jede/r durch. Alle, denen ich habhaft werden konnte. Das Kribbeln und das Glücksgefühl hielten bis weit in den Abend hinein an. Schöner Wohnen in der Stadt. Ab dem 01.01.2022 bin ich dabei!

Ich habe diese Wohnung bekommen, ich habe mich gegen eine Familie mit Kindern durchgesetzt, kein schlechtes Gewissen, nur große Freude. Früher, im Leben vor dem intensiven Studium von feministischen Büchern, hätte ich mich wahrscheinlich schuldig gefühlt. Vielleicht haben die Menschen Recht, die sagen, dass eine Frau alleine nicht so viel Platz braucht. Zwei Zimmer sollten doch reichen. Denk an die Altersvorsorge, die Rentenlücke, denk an, ja, wen auch immer, Hauptsache an andere! Kümmere dich, leiste „Care Arbeit". Du bist eine Frau, nimm nicht so viel Raum ein, mach Dich unsichtbar, verhalte Dich still und angepasst. Nein, nicht mehr mit mir!

Ich durchschaue inzwischen die Strukturen des Patriarchates. Manche Verhaltensweisen, die Ausfluss des Patriarchats sind, habe ich so tief verinnerlicht, dass ich sie ohne Hilfe kaum als solche erkenne. Hilfe in Form von feministischer Literatur, inzwischen habe ich davon einiges gelesen. Sehr aufschlussreich, AHA-Effekte blieben nicht aus. Erkennen ist das eine, handeln und dagegen steuern das andere.

Das Mieten genau dieser Wohnung ist für mich ein Befreiungsschlag, ein großer Schritt hin zu mir selbst.

Zu der Frau, die ich schon immer sein wollte, die ich nach außen hin erfolgreich vorspielte. Innerlich sah das ganz anders aus. Langsam werden wir eins, wie schön.

Beim Vorstellungsgespräch war ich sichtbar, ich machte mich sichtbar. Selbstbewusst, ohne Forderungen zu stellen, aber klar formulierend, was ich wollte: Diese Wohnung! Mit dem Vermieter lieferte ich mir am Dienstag, allerdings nach Vertragsunterzeichnung, ein kleines „Mein Haus, mein Auto, mein Pferd" - Unentschieden, mindestens, wenn nicht doch einen kleinen Vorteil für „rot" ergebend. Augenhöhe mit einem Mann, der eigenen Angaben zufolge, erfolgreich eine eigene „Consulting-Firma" leitete. Ja, das Überreichen meiner Visitenkarte und der Hinweis auf meine Website, das hatte schon was. Ich fühlte mich in dem Moment frei und so selbstbewusst, im wahrsten Sinne des Wortes. So soll mein Leben von nun an sein! Und was ist mit Deinem Leben?

# Hausverkauf

Ende Oktober 2021

Ich verkaufe mein Haus. In diesem Moment? Nein, noch nicht, aber demnächst. Jedenfalls wenn der Käufer das „Go" von der Stadt Eltmann bekommt, dass er seinen Gewerbebetrieb in einem angeblich reinem Wohngebiet anmelden darf. Angebliches Wohngebiet deshalb, weil ich auf entsprechende Nachfrage seinerseits mindestens fünf Gewebebetriebe nennen könnte, die hier im nahen Umkreis entweder aktiv sind oder wenigstens waren. Der potenzielle Käufer ist mein Wunschkandidat. Das war mir schon vor Jahren klar, als er nach einem Hinweis auf meinen möglichen Umzug sein Interesse bekundete. Warum auch nicht? Warum soll ich nicht einer jungen Familie ein Haus mit 174 qm verkaufen, welches für mich alleine viel zu groß ist und zu viel Arbeit macht? Ich will leben und nicht arbeiten, okay, gegen ein bisschen Arbeit habe ich nichts, aber jedes Wochenende? Immer? In jeder freien Minute? Blätter fegen macht mir tatsächlich Spaß, so an der frischen

Luft, meine Vögel und ich, aber unter Zwang? Weil ich es muss? Weil Laub nicht auf dem Rasen liegen bleiben darf und soll, einen ganzen Winter lang?!

Der Entschluss kam auch für mich ziemlich plötzlich, aber dann war alles ganz klar: Ich muss hier weg, und zwar möglichst sofort! Noch im April hatte ich ein Kunstwerk namens „Hilda" erworben, inzwischen eine Zierde des Bollwerks, viel Geld dafür bezahlt, aber nicht eine Sekunde bereut! Mein Haus ist grün. Yeah! Und das Beste ist, der neue Käufer strich es selbst mit leichtem innerem Widerstreben: Was haben wir über die Sockelfarbe diskutiert, der Maler und ich, aber wer zahlt bestimmt, also ich, die Kundin. Der Farbvorschlag grün kam von meinem Sohn, erst schüttelte ich vehement den Kopf. Grün, was für eine Farbe ist das denn? Blau, deutlich besser. Nee, sagte der Maler, bleicht zu schnell aus. Blöd. Rot in diversen Variationen kam gar nicht in Frage und schon wieder beige? Nein danke, mein Haus hatte etwas Besseres verdient. Und es bekam ein fröhliches, frisches Grün mit rotbraunem Sockel. Seitdem im Obergeschoss an Bad- und Schlafzimmerfenster die bunten Rollos angebracht sind, freue ich mich immer, wenn ich die Straße hochfahre und mein Haus sehe. Es scheint mir zuzuzwinkern.

Nach dem Tod meines Mannes habe ich mich sehr gut um das Haus gekümmert, sehr viel Geld ist von seiner Lebensversicherung in notwendige Reparaturen geflossen. Ich bereue es nicht, denn nur so war es mir möglich aus einem „eher seins" ein „meins" zu machen. Und das war zur Bewältigung meines „alten Lebens", sprich meines Lebens vor dem Tod meines Mannes mehr als notwendig!

Mein Mann war kein Messie, bestimmt nicht, aber er gehörte definitiv zu der Sorte „Das kann ich noch gebrauchen!". Und so sah es bei uns auch aus. Langsam, aber sicher wurden im Laufe der Zeit alle Räume, Schuppen, Keller vollgestellt. Es wurde immer enger, im tatsächlichen und übertragenen Sinne. Was haben mein Sohn und ich nach dem Tod meines Mannes geräumt. Aus-, um- und weg-, ohne Ende. Zumindest schien es am Anfang kein Ende zu nehmen. Inzwischen sind wir fertig. Vielleicht muss die eine oder andere Ecke, diese oder jene Schublade noch einmal durchgegangen werden, aber dann ist es auch gut. Muss es ja auch, denn das Haus wird verkauft. Nicht ganz leer, ein paar Dinge übernimmt der Käufer. Dinge, an denen mein Herz nicht hängt, aber die zur Entsorgung viel zu schade sind. Kücheneinrichtung, Wohnzimmermöbel, gerne auch die Lampen, ja bitte, wenn es sein muss auch das Klavier, und Werkzeug. Alles was mein Sohn nicht

braucht. Ich brauche kaum etwas für das Mietshaus, ja bitte, befreie mich von diesen Dingen!
Ich fühle auch, dass mir das Abschiednehmen in den letzten Tagen, Stunden, Minuten nicht leicht fallen wird. Aber hier und heute fühlt es sich gut und richtig an. Der Käufer kann sein Glück noch nicht wirklich fassen, ich merke es immer wieder. Und in seine Hände kann ich es beruhigt geben. Das fühlt sich für mich gut und stimmig an, einfach richtig. Das Haus wird nicht verschenkt, der Preis ist angemessen, aber nicht exorbitant. Ich hätte mit Sicherheit auf dem leergefegten Markt mehr erzielen können, aber wozu? Ich habe genug zum Leben, und ein paar Tausender mehr auf dem Konto, Gewinnmaximierung um jeden Preis, nein danke. So wie es ist, ist es gut.
Ich habe einen vereidigten Sachverständigen den tatsächlichen Wert meines Hauses einschließlich Grundstücke ermitteln lassen, schließlich handelt es sich um knapp 3.000 Quadratmeter. Kostete mich zwar, aber so weiß ich, wo ich stehe. Berücksichtigt wurde bei der Wertermittlung auch, dass das Baugrundstück zum Schutze meiner Vögel mindestens zehn Jahre weder bebaut noch in einen „Steingarten" verwandelt werden darf. Das Grundstück ist eingewachsen, und dass soll es auch bleiben. Ich will meine Spechte und Kleiber weder vertreiben noch zwangsumsiedeln! An den Vögeln,

und wie ich es anstellen sollte, dass diese nicht „heimatlos" werden, hing tatsächlich wochenlang die Überlegung „Verkaufe ich oder nicht". Wie vermeide ich einen Kahlschlag? Dabei war die Lösung ganz einfach. Vertraglich regeln, Konventionalstrafe vereinbaren, denn durch diese Regelung ist das Grundstück ja auch nur noch die Hälfte wert, und das vertraglich fixiert. Ich verkaufe nur an jemanden, der dieser Bedingung zustimmt.

Wochen später:
Es ist nichts mehr übrig von der Euphorie, die rosarote Brille wurde mir sehr heftig von der Nase gerissen, nein, eher geschlagen! Wie habe ich mich beziehungsweise wir uns (mein Kind hatte Mitspracherecht) in dem Käufer und seiner Familie getäuscht. Ich dachte, er sei ein Mann von Ehre, der Spruch „Ein Mann, ein Wort!" würde gelten. Aber scheinbar nicht für ihn. Nur ich musste mich immer auf mein Wort festnageln lassen. Und ja, ich bin eine Frau mit Ehre, „Eine Frau, ein Wort". Vielleicht leichtfertige Worte, im Überschwang der Gefühle am Anfang, zu viel auf die Goldwaage gelegt und für zu leicht befunden.
Wie kann ein Mann eine mehr als 15-jährige Geschäftsverbindung so mir nichts, dir nichts zerstören? Ich verstehe es heute, im Juli 2022, mit dem

Abstand von Wochen und Monaten, immer noch nicht. Völliges Unverständnis von meiner Seite aus. Meine Güte, war ich blauäugig und naiv. Klar, bei Geld hört die Freundschaft auf, ich wollte aber keinen Freund, sondern nur einen geordneten Übergang. Wenig Stress, einen Abschied in Würde. Was auch immer das im Einzelnen gewesen wäre.

Es fing damit an, dass er lange keinen Termin beim Notar zustande brachte und ständig irgendwelche Änderungswünsche vorbrachte, plötzlich alles, worauf wir uns die Hand trotz Corona gegeben hatten, schriftlich geregelt haben wollte. Und, immer ohne Rücksprache, flatterten mir die geänderten Vertragsentwürfe vom Notar ins Haus. Anfangs spielte ich mit, ich konnte nicht glauben was geschah, hielt das Ganze für ein Versehen, ein übergroßes Sicherheitsbedürfnis, was auch immer. Und erst als ich selbst anfing den Vertragsentwurf ohne Rücksprache zu ergänzen, kehrten wir wieder zum Gespräch zurück. Hätte ich mal lieber geschwiegen. Nun ist es zu spät.

Ich bin immer noch voller Groll. Den Notartermin, kurz vor Weihnachten, schafften wir gerade so ohne weitere gegenseitige Verletzungen. Im Januar 2022, noch vor meinem Auszug, wurde ich gefragt, ob er nicht das eine und andere hier und da abstellen könne. Da es mich nicht störte, sagte ich ja. Übergabe sollte erst Ende März sein, also nach dem großen Umzug nach Bamberg. Noch jede Menge Zeit zum Räumen der Restbestände, dachten wir. Und dann ging es Schlag auf Schlag. „Frau Richter, wir würden gerne im Dachgeschoss ein bisschen mit dem Renovieren anfangen, Sie wissen ja, jetzt habe ich gerade Zeit…" Okay, hatten wir ja letztes Jahr so vereinbart. Ein „bisschen renovieren" sah dann so aus, dass die Holzdecken komplett herausgerissen wurden. Übrigens, er hatte noch nicht bezahlt. Das Holz wurde ohne Absprache auf meinem Balkon gelagert, okay, ich wohnte da nicht mehr, aber… Und so ging es weiter. Eskaliert ist die Situation erst Ende Februar, da konnte ich nicht mehr: Schlitzeschlagen im gesamten Wohnbereich ohne Absprache und ohne meine restlichen Sachen abzudecken. Alles war dreckig vom Staub.

Wie respektlos war und ist das denn? Derselbe Mann, der jahrelang so akkurat bei mir gearbeitet hatte? Irgendwann gab ich auf und wollte nur noch weg. Es wurde immer schlimmer, ein unangenehmes Erlebnis jagte das nächste. Und nein, ich bin nicht überempfindlich, aber dieser Mann kannte eindeutig keine Grenzen. Wie oft habe ich mich bei meinen Kolleginnen und Freundinnen ausgeheult, ich wusste bis dato nicht, dass sich Menschen so arschlochmäßig verhalten können! „Gernegroß", ein Wort meiner

Freundin als Zustandsbeschreibung, ja, das passt. Was für ein Gezicke und Gezerre. Dies alles führte am Ende dazu, dass ich ihm nicht einmal mehr das Schwarze unter den Nägeln gönnte. Lieber eine Lagerbox gemietet als auch nur ein überflüssiges Werkzeug verschenkt. Für die defekte Drehbank bekam ich noch 100 € über Ebay, bloß nichts dalassen. Weder mein Kind noch ich sind normalerweise so, aber er hat wirklich das Schlechteste in uns ans Tageslicht gefördert. Dass er das schaffte, darüber ärgere ich mich heute noch manchmal! Aktion und Reaktion, aber von der unguten Sorte.

Die Werkstatt musste bis zum 30.04.2022 um 23.59 Uhr geräumt werden. Ich dachte oft, wir schaffen das nicht, aber mit vereinten Kräften waren mein Kind und ich am Mittag des letzten Tages fertig. Besenrein wurde die Werkstatt übergeben, mehr muss ich, glaube ich nicht schreiben.

Was für ein Arsch?! Und wofür? Ich gab alles, was ich zugesagt hatte und noch viel mehr. Aber anscheinend doch nicht genug. Ich verstehe bis heute nicht, wie ein Mensch sich so verändern kann.

Das Gute: Mir wurde der Abschied sehr leicht gemacht. Manchmal fahre ich noch an meinem alten Haus vorbei, kein Bedauern, kein Wunsch nach einem Zurück, einfach nur die Freude über meine Freiheit!

## Räumung die X.

Ich räume. Ich räume seit gefühlten Ewigkeiten das Haus aus, ursprünglich das gemeinsame, jetzt mein Haus. Erst waren es die Sachen meines verstorbenen Mannes die wegmussten, jetzt sind es meine. Denn ich ziehe um und kann nicht alles mitnehmen. Ich will und werde mit leichtem Gepäck reisen, naja, wahrscheinlich läuft es auf mittelschwer hinaus. Von den 174 qm, von denen mir tatsächlich nur sehr wenige „gehörten", auf, sagen wir hundert, vier Zimmer statt Haus. Aber es ist Zeit zu gehen, diese Einöde zu verlassen. Gut, damit verlasse ich auch „meine" Vögel, mein Zimmer, und ja, mein Haus, denn inzwischen ist es genau das: Meins! Die völlige Inbesitznahme dauerte, war gebunden an „seins muss raus, meins bleibt drinnen". Es wurde nicht alles entsorgt, aber so schrecklich viel. Ich musste erst Raum gewinnen, um das Haus zu meinem machen zu können. Es war ein schleichender, aber durchaus erfolgreicher Prozess, je mehr „Raum" desto freier fühlte ich mich.

Aber jetzt geht es um meine Sachen und somit auch um mein Leben. Was darf mit? Und was muss zurückbleiben, entsorgt werden? Wie viele Erinnerungsstücke brauche ich? Diese Entscheidung wird endgültig sein. In „Simplify your life" gibt es Tipps, aber will ich das Buch noch einmal lesen und vor allen Dingen, danach handeln?

Ich fing letzte Woche mit dem Inhalt des alten Bücherschranks meines Vaters an, jedes verdammte Buch nahm ich in die Hand, auch zahlreiche ungelesene. Bei vielen fiel die Entscheidung leicht, hopp oder top, war easy. Aber dann war da noch der Haufen in der Mitte, der, mit den Büchern die sozusagen in der Schwebe waren, zwischen Ende und Neuanfang. Würde ich diese Bücher jemals (wieder-)lesen? Wen wollte ich mit einem eventuellen Behalten beindrucken? Einige im Karton zum Weggeben, hm, wirklich wenig, eigentlich. Bücherbord, dasselbe in grün, Qual der Wahl, Sieg der Vernunft über „meins", sprich alle Taschenbücher von Anne Perry weg. Gut, naja „weg" ist relativ, erstmal nur bei eBay eingestellt, zum Verkauf für geringes Geld. Tess Gerritsen wurde verschenkt, dauerte nur 24 Stunden und ich war nach der

Herausgabe tatsächlich erleichtert. Dabei waren es nur wenige Kubikzentimeter gewonnenen Raums! Für ein Wochenende mit grauenhaftem Wetter, nahm ich mir die Bildergalerie in meinem alten Schlafzimmer vor. Fotos von der Verwandtschaft hingen dort, jährlich eins von uns als Familie, solche von langjährigen Freunden. Alle abzuhängen und die Fotos aus den Bilderrahmen zu entfernen war keine leichte Aufgabe. Die rahmenlosen Cliprahmen waren besonders widerspenstig. Nach zwei Tagen hatten trotzdem alle Fotos einen neuen Platz. Geschafft, schwierig, ohne Frage. Sehr emotional, ja! Denn ich habe mich beim Herausnehmen und Einkleben durch mehr als 40 Jahre meiner Geschichte bewegt. Was für eine lange Zeit, mehr als 2/3 meines Lebens. Jetzt sieht mein Zimmer auch nicht mehr wie mein Zimmer aus. Ich hätte nie gedacht, dass Fotos von der Wand nehmen, solch eine Wirkung haben kann.

Mein Kind schaute sich das Treiben an und fragte am Ende, welche Möbel ich denn nun mitnehmen möchte. Kaum fing ich an aufzuzählen, wurde ich unterbrochen. „Zwei Kleiderschränke? Hey, Du ziehst in eine Wohnung! Und den Schrank, Mama, brauchst du auch nicht mehr. Hallo, 80 Quadratmeter, das sind nur 20 Quadratmeter mehr als ich habe. Stell dir das mal vor." Und das tat ich: Viel Platz würde wahrlich nicht bleiben. Hm. Und dann sind da noch die Ansagen aus dem Freundeskreis, dass eine alleinstehende Frau gar keine vier Zimmer bräuchte! Stimmt, brauche ich nicht, hätte ich aber gerne. Und was vier Zimmer mitten in der Stadt kosten?! Ja, das weiß ich. Ich lese durchaus die Anzeigen, bevor ich mich um die Wohnung bewerbe. Luxus halt. Aber warum nicht? Ich kann mein Geld nicht mitnehmen, bis heute wurde keine sichere Methode diesbezüglich erfunden. Was spricht gegen Ausgeben? Was aus Sicht meines Kindes dagegen spricht, ist mir klar. Aber sind Eltern wirklich verpflichtet, Kindern, außer einer Ausbildung, etwas zu hinterlassen? Es geht hier nur um das Geld aus dem Hausverkauf, ich werde nicht gleich mittellos, wenn ich in eine etwas teurere Mietwohnung ziehe. Und ja, ich kenne auch meine „Rentenlücke" von mehr als 1500,00 € pro Monat, aber bis dahin sind es noch mehr als acht Jahre. Und ich weiß um die Altersarmut vieler Frauen. Ich habe vorgesorgt so gut es geht: Kind in die Welt gesetzt, Geld gespart, Immobilien, meinen Mann beerbt und meine noch lebenden Eltern haben auch ein winziges Vermögen, noch. Selbst wenn das durch vier Kinder geht, bleibt für jedes etwas übrig.

Also: Wenn schon Leben in der Stadt, dann doch wenigstens standesgemäß und großzügig! Verkleinern kann ich mich immer noch und soll ich wirklich ärmeren Menschen eine erschwingliche Wohnung wegnehmen? Wäre das nicht unsozial? Warum rechtfertige ich mich überhaupt?

# Brutto = Netto?

Manches Mal sind die Preise bei Angeboten und den nachfolgenden Rechnungen unterschiedliche Sachen. Und manchmal sind sie sogar sehr unterschiedlich.

Hier ein aktuelles Beispiel, zur Warnung, als Gedankenstütze, als Hinweis und einfach nur so: Meine neue Wohnung sollte nach dem Auszug der Vormieter gestrichen werden. Meine, damals noch potenziellen, Vermieter hatten schon alles in die Wege geleitet und sich ein Angebot eingeholt. Als ich gefragt wurde, ob ich eventuell („Aber Sie müssen natürlich nicht!") die Wohnung auch nicht gestrichen übernehmen würde, hatte ich das Gefühl, dass ein „Ja" meine Chance auf einen Mietvertrag deutlich erhöhen würde. Kurze Überlegung: Frisch selbst gestrichen, in meinen Wunschfarben, hat natürlich etwas, und sei es nur den Geruch von Farbe. Also sagte ich „Ja, ich will!", trotzdem mir auf Nachfrage der Betrag des eingeholten Angebots von 6.000 € genannt wurde. Innerlich schluckte ich zwar etwas, denn mein Haus- und Hofmaler würde deutlich weniger nehmen, aber dieser Maler hatte ja nun gerade Zeit, also nochmals: „Ja, ich will".

Beim Farbe aussuchen zusammen mit dem Maler, dem Besprechen, wie was gestrichen wird, fragte ich noch einmal nach dem Preis und nach dem konkreten Angebot, welches meinen, inzwischen tatsächlichen, Vermietern vorliegen solle. Die Antwort war knapp und klar: 6000 € plus ca. 500 € für meine Wunschfarben, also knapp 6.500 €, gerade noch so im Budget. Das Angebot würde er mir zusenden, was aber bis heute nicht geschehen ist.

Die Arbeiten wurden erledigt, allerdings ohne mir die Möglichkeit zu geben eine Abnahme vorzunehmen. Die Rechnung kam umgehend. Huch, das ging aber schnell.

Als ich mir dann die Rechnung anschaute, war ich im ersten Moment sprachlos, im zweiten Moment kam ein deutliches „Nicht mit mir, Du A…!". Der Maler hatte auf den Angebotspreis noch die Umsatzsteuer in Höhe von derzeit 19% aufgeschlagen, so dass der Endpreis bei knapp 7.700,0 € liegt. Dieses Spielchen ist bekannt, ich bin gewappnet, dafür reichen meine juristischen Fähigkeiten aus. Einzig die Frage, wie ich das bisher nur mündliche vereinbarte Angebot von 6.000,00 € plus Wunschfarbe nachweisen sollte, ließ mich nicht schlafen. Den Seinen gibt es der Herr im

Schlaf, dieses Mal auch der Schlaflosen! Denn als ich mitten in der Nacht von Freitag auf Samstag aufstand, weil an Schlaf einfach nicht mehr zu denken war, fand ich eine Mail in meinem Posteingang. Was ich denn wolle mit meiner Frage nach dem Angebot, schrieb der Maler in seiner Mail, es lautete doch über 6.000 €. Danke, Meister, genau das hatte ich gebraucht. Denn mit dieser Mail in der Hand ist es mir möglich nur den ausgemachten Angebotspreis von 6.463,00 € zu bezahlen. Denn anders als bei Angeboten an andere Unternehmer muss ein Angebot an Endkunden immer die gesetzliche Umsatzsteuer enthalten! Immer! Absolut gefestigte BGH-Rechtsprechung. Wer mir nicht glaubt, erweitere doch gerne selbst sein Wissen durch Studium von § 1 PAngV und den §§ 3 und 5 Umw. Ja, ich habe oft sinnloses Halbwissen, aber in diesem Fall ist Wissen nicht nur Macht, sondern auch gespartes Geld! 1.200 € rund oder fünf neue Rollos!

Das letzte Mal übriges, als mir diese Masche begegnete, war es bei einem Bestattungsunternehmen. Es ist besonders perfide, Menschen in Trauer so über den Tisch zu ziehen. Damals waren es nur 472,36 €, aber den Betrag vergesse ich so schnell nicht. Ich habe dann anschließend ausgerechnet, was für eine Gewinnmaximierung das ist, wenn sie es bei jedem

Kunden machen! Da kam ein hübsches Sümmchen zusammen. Damals hatte ich ein detailliertes schriftliches Angebot bekommen, was das Nichtzahlen leichter machte.

Aber auch beim Maler rechne ich nicht wirklich mit Gegenwind. Wenn doch, werde ich berichten.

## Jahresrückblick auf 2021

Es ist Sonntag, 6.30 Uhr, mein Tee ist fertig - „Sencha Schlaflos" - bei mir immer nur „Hallo wach!" Der Tag kann beginnen. Zeit für den Blog der Woche, wenn nicht jetzt, wann dann? Auch heute steht wieder einiges auf der Agenda. Den Massagesessel in die Wohnung meines Kindes schleppen, puh, ist der schwer und wir nur zu zweit. „Watt mutt, datt mutt", sagte meine Mutter immer, wahrscheinlich hatte sie Recht. Der Sessel soll nicht mit in meine neue Wohnung, er gehört zu einem anderen Leben, ich benutzte ihn so gut wie nie. Meine Nichte wird beim nächsten Besuch ohne ihn auskommen müssen.

Was brachte mir das Jahr 2021? Ich frage mich deswegen, weil ich noch vor drei Tagen hörte: „Möge das nächste Jahr besser werden als das Letzte!". Aber mein letztes Jahr, das Jahr 2021, war doch gut, naja, bis auf die Augen-OP und selbst die war nicht nur missglückt. Ohne Brille sehe ich deutlich mehr als vorher, nur mit klappt es immer noch nicht so wie vorher, versprochen. Was solls, der Optiker meines Vertrauens arbeitet dran.

Den Jahresrückblick hätte ich vielleicht noch im alten Jahr schreiben sollen, vielleicht ist der Blick aus dem neuen Jahr ja etwas verklärter, wer weiß das schon so genau. Meine persönliche Bestandsaufnahme fällt im Grunde gut aus. An die Monate Januar bis einschließlich März kann ich mich, ohne Hilfsmittel, nicht erinnern. Ist das gut oder schlecht? Keine Ahnung, vorbei. An den April erinnere ich mich auch nur rudimentär, in einer fast fünfwöchigen depressiven Phase bereitete ich allerdings einen alten Teich auf neues Leben vor. Das Arbeiten an einer Fotodokumentation hat sich in meinen Depri-Phasen bewährt, denn so kann ich mich später erinnern und tue überhaupt irgendwas, nicht nur auf dem Sofa sitzen. Sport, sprich körperliche Betätigung, soll ja gesund sein. Als ich so langsam aus dem dumpfen Grau ins Leben zurückkehrte, wurde es Zeit für die Personalratskandidatur und dadurch wurde mein Leben so richtig lebendig! Wahlkampf, Reise nach Berlin, Website. Ja, das waren wunderbare Zeiten, die mich auch persönlich sehr weit nach vorne brachten. Wunscherfüllung der anderen Art: Einen Tag lang Model sein, vor der Kamera stehen, mich selbst kaum wiedererkennen, trotz „ohne Schminke", yeah! Wenn ich jetzt so zurückdenke, die Zeit in Berlin hatte was, trotz oder gerade wegen Corona. Meine Blogs im Wahlkampf, toll. Wenn ich die heute lese, kann ich kaum glauben, dass die tatsächlich auf meinem Mist gewachsen sind. Da sage mal einer, dass Mist kein guter Dünger sei! Platz 5 als erste Frau im Personalrat, ansonsten nur „Bestand", ja, hat definitiv was. Ich muss bei dem Gedanken daran grinsen, ein warmes Gefühl fließt durch meinen Körper. Ach nein, es ist nur der Tee.

Der Sommer ging ins Land, möglichst jeden Tag ins Schwimmbad, das werde ich in Bamberg zu 1000 % vermissen, aber etwas Schwund ist immer!

Augen-OP Ende September, das Kapitel wird übersprungen, der Entschluss mein Haus zu verkaufen, meine Wurzeln in Weisbrunn zu kappen. Wenige zwar, aber durchaus vorhandene nach fast 27 Jahren. Seitdem ich mit dem Käufer Kontakt aufnahm und mir seine Zusicherung zum Erwerb vorlag, schlafe ich nachts wieder sehr gut, ohne Schlafmittel, was sagt mir das? Die letzten Nächte gilt das nicht mehr, aber ich weiß, dass das mit dem geplanten Umzug und der Belastung auf der Arbeit zu tun hat, zählt also nicht.

Ich suchte meine erste eigene Wohnung, fand in Bamberg etwas adäquates und kann es kaum erwarten einzuziehen. Natürlich ist viel Stress und Aufregung damit verbunden, sei es, dass der

Handwerker „brutto" und „netto" nicht unterscheiden kann, der Vermieter nicht weiß, wo sich die Zähler befinden und die „abgelesenen" Werte schon am Tag der Übergabe der Vergangenheit angehören, alles dabei und neu und aufregend. Farbwahl passend, obwohl mehr oder weniger aus der hohlen Hand schöpfend, denn ich kenne die Wohnung und die Lichtverhältnisse nicht, weiß nicht, wie und ob meine Möbel passen, eher nein, keine Ahnung, aber dafür absolut guten Mutes. Die Wohnung passt einfach zu mir, viele Ecken und Kanten, naja, eigentlich Dachschrägen, aber weiträumig. Ausblicke und Einblicke gewährend und vor allen Dingen: Meins! Meine erste eigene Wohnung mit fast 60 Jahren, ja, es wird absolut Zeit! Weihnachten allein. Hatte auch was, nämlich Ruhe und Entspannung. Der Verkauf fast meines gesamten Schmucks an einen „fahrenden Händler", hier bei mir Zuhause, eigentlich wollte ich nur die Taschenuhren meines Mannes loswerden, hatte was von einer Posse, aber ja, er wollte kaufen, ich verkaufen, nur nicht unbedingt dieselben Dinge. Am Ende wurden wir uns doch noch einig, weil der Wunsch nach Freiheit oder besser Befreiung größer war als der nach Geld. Aber der Verkauf erfüllte viele Klischees, so, wie aus dem Fernsehen bekannt. So ein bisschen was vom Hütchenspiel, mit Geld auf den Tisch legen als

Verkaufsanreiz, dann einen Rückzieher machen, nach Wechselgeld fragen, Teile vom Schmuck schon eingepackt haben, Konvolute hin und her schieben, ja, spannend. Und „Holzauge sei wachsam". Letztendlich habe ich die Teile weit unter Wert verkauft, eine Geschichte erlebt, bin unterhalten worden, etwas Geld in der Tasche, Platz im Schrank, passt!

Und dann stand auch schon der letzte Tag des Jahres 2021 vor der Tür, ich ließ ihn herein und schloss die Tür anschließend ganz fest zu.

Und jetzt sitze ich mit ihm in meiner Küche, Teebecher ist leer, der neue Tag erwacht vor den Fenstern und es ist Zeit für das Frühstück. Und nebenbei habe ich noch über eBay etwas verkauft. Wenn das kein guter Jahresbeginn ist, weiß ich es auch nicht, Schulterzucken.

In diesem Sinne: „Ein glückliches, gesundes 2022, wenige Erwartungen, einfach das Leben genießen, wir haben nur eins bis zum Beweis des Gegenteils!"

# Ich bin dann mal weg

Der Spruch, nein, Buchtitel ist von Hape Kerkeling. Inzwischen ist er ein geflügeltes Wort. Ich bin dann mal weg! Ja, aber im Gegensatz zu Hape komme ich nicht wieder, jedenfalls nicht nach Weisbrunn. Die Zelte dort sind abgebrochen, gut, nicht ganz, Schuppen und Werkstatt müssen noch geräumt werden, aber so gut wie.

Als ich wirklich wusste, dass ich unwiderruflich wegziehen würde, überlegte ich mir wie ich den Wegzug gestalten will. Wie gehe ich so, dass es mir passt, mit Würde und Anstand? Ja, hehre Worte, aber deshalb nicht weniger wahr. Einfach so? Wie ein Dieb in der Nacht? Mit den Nachbarn hatte ich eh kaum Kontakt. Verabschieden, hm, aber wie? Wir haben Corona, immer noch, gefühlt seit Ewigkeiten. Wie das Gespräch anfangen? Wirklich hingehen und an der Haustür klingeln? Will ich das wirklich? Nein! Aber will ich mich davonschleichen? Nein, auch nicht! Auf gar keinen Fall. Kreative Lösungen sind gefragt.

Beim Optiker meines Vertrauens, alle kennen ja inzwischen meine Odyssee, sah ich einen Flyer für handgemachte Seife. Seife, Corona, nützlich, individuell? Hm, oh, mit selbst gestalteten Banderolen, ja, das wäre doch was! Eine Manufaktur ganz in der Nähe, Gutes tun, Umsatz erhöhen, Werbung machen. Mindestens drei in einem! Warum nicht? Und was soll da drauf? Das Logo, das war sehr schnell klar. Und sonst? Ist das alles? Nur das Logo? Ein bisschen wenig. Und dann, als ich mal wieder nur sehr schlecht bis gar nicht schlafen konnte, war sie da, die Idee. Kurz und prägnant, schließlich ist ja nicht viel Platz auf so einer Banderole. „Danke und Tschüss".

Ja, das passt. Danke für die gemeinsame Zeit und Tschüss wie norddeutsches „Ade". Ich bestellte die Seife in vier verschiedenen Duftrichtungen und dann wurde noch vor Weihnachten mit dem Kochen, dem Seife Sieden, angefangen. Anfang Januar war sie abgelagert genug, um beim Gebrauch nicht mehr zu ätzen. Freude statt Schmerz. Mir gefielen drei von vier Düften. Mensch, riechen die gut! Das Papier um jedes einzelne Stück machten sie zusätzlich zu einem Hingucker. Und dann ging die Abschiedsrunde los, in der Woche nach meinem Auszug.

Getestet beim Optiker meines Vertrauens, denn seine Reaktion würde mir unmissverständlich zeigen, was von der Idee zu halten war. Vertrauen pur! Trotzdem aufgeregt. Wenn Schrott, dann würde er es sagen, ganz sicher! Üben bei denjenigen, bei denen ich ein „nein" am ehesten akzeptieren kann, immer schon mein Grundsatz. Erst der Hügel, dann der Berg und zuletzt der Achttausender.

Tja, da saß ich nun im Optikerladen und händigte ihm das erste Stück aus. Und natürlich die für die Kollegen. Bekam der doch glatt erst große und dann feuchte Augen! „Typisch Du!" und „Du schon wieder!" so ging es in einer Tour. Mit so vielen Emotionen hatte ich nicht gerechnet. Definitiv nicht. Peinlich. Aber klar, fühlte sich gut an, dass meine Seifenidee so einen Zuspruch bekam. Er war tatsächlich ganz gerührt. So viele Gedanken nur für ihn. Das andere auch in den Genuss kommen sollten, wusste er ja nicht.

Bei den Nachbarn war es ähnlich. Auch hier fing ich bei denen an, die meinem Herzen nicht nur am nächsten waren, sondern wo ich wusste, dass ich eine ehrliche Reaktion bekommen würde. Durchweg positiv! So viel wie bei der Übergabe, habe ich mit meinen Nachbarn in den letzten 20 Jahren zusammenaddiert nicht geredet. Und die Seife war, wenn ich dann doch einen Gesprächsanfang brauchte, ein guter Aufhänger. Nach den Nachbarn die Geschäftspartner. Auch hier dasselbe. Reaktionen mit denen ich nicht gerechnet hatte. „Sie gehen weg?" „Ja." „Warum verabschieden Sie sich? Andere Kunden bleiben einfach weg." „Warum sollte ich nicht? Wir sind doch zusammen alt geworden!". Kam bei Männern übrigens nicht so gut, ich weiß gar nicht warum, Schulterzucken. Die Gespräche waren ähnlich. Die Rührung und auch, mehr als einmal, ein feuchtes Auge hatte ich im Vorfeld nicht erwartet.

Ich schätzte meine Gesprächspartner „wert", schenkte ihnen und ihrem Beruf also, ihrem Ausharren auch in schlechten Zeiten (und für sehr viele Einzelhändler sind die Zeiten sehr schlecht!) Wertschätzung, persönliche, mehr als ein Applaudieren auf dem Balkon. Mir war das nicht klar. Der Optiker hatte versucht es mir zu erklären, ich hatte es nicht verstanden! Hier machten wieder mal erst der Versuch und dann die Wiederholung klug. Was bleibt für mich, außer ein paar Stücken Seife zu viel? Das angenehme Gefühl, dem eigenen Herzen gefolgt zu sein. Ein Abschiedsritual gefunden zu haben, das zu mir passt. Denn der Umzug nach Bamberg kappte alle Leinen, vielleicht nicht sofort, aber auf lange Sicht. Ich habe das Kapitel „Weisbrunn" beendet. Ich habe abgeschlossen, Ballast abgeworfen, bin leichter geworden, der Körper nicht, aber die Seele. Deutlich.

Etwas anders machen, etwas Neues durchführen erfordert Mut. Ich habe nicht umsonst geschrieben „Ich habe geübt", aber es zahlt sich aus: Das Mutig sein!

Und ja, es waren richtig gute Geschichten und Sätze dabei wie „Aber dann sehen wir uns ja gar nicht mehr im Schwimmbad?!" Stimmt, aber das habe ich ja vorher auch kaum, gesehen, ihn. Aber seine grüne Badehose habe ich immer erkannt.

## Letzte Nacht im alten Haus

Es ist fast neun Uhr abends, Sonntag, noch. Die Pferde sind gesattelt, die Koffer gepackt, Roh- und Wertstoffe sortiert und außer Haus gebracht, die Regale stehen im Keller der neuen Wohnung. Morgen kann es also losgehen mit dem Umzug. Müde und erschöpft bin ich, es war sehr anstrengend heute, beschriften, was soll wo hinkommen, was nehme ich wirklich mit, was bleibt am Ende hier. Der Schuhschrank im Gäste-WC, immer war er da, egal wie alt und gammelig er auch ist, aber heute, hm, ja, welche Schuhe stehen denn überhaupt drin? Brauche ich die noch? Will ich die noch tragen? Oder können die weg? Am Ende waren nur noch drei Paare übrig und denen gewährte mein Schuhschrank im Keller gerne Asyl. Der Schuhschrank ist noch von meiner Oma, deutsche Wert- und Handarbeit, tolles Teil, wenn auch optisch etwas in die Jahre gekommen. Der kommt unter die Treppe in der neuen Wohnung, fällt dann gar nicht so auf.

Fertig sind wir nicht geworden, mein Kind und ich, trotz aller Mühen. Obwohl wir im „sich-trennen-von" schon wirklich große Übung haben. Immer wieder taucht noch irgendwo irgendwas auf. Wie heute Mittag die Spielzeugkiste aus der Ferienwohnung in Schleswig. Das Geld, welches der Verkauf erbrachte, ist längst ausgegeben, irgendwie ein durchlaufender Posten gewesen, aber die Duplo waren wirklich alt und Erinnerung! Nebenher bei eBay reingesetzt und 10 Minuten später verkauft. Wieder etwas, was nicht in meinem Keller stehen wird. Die Möbelpacker kommen morgen, dann geht es los, das andere Leben wartet. Das Leben in der Stadt, mit allen Risiken und Nebenwirkungen!

Mein selbst gestaltetes Leben, ja. Ich bin gespannt, aber nicht besonders aufgeregt, noch nicht, kommt bestimmt noch, aber die Wohnung passt zu mir, das merke ich immer wieder. Natürlich ist nicht alles Gold, was glänzt. Der Briefkastenschlüssel passt noch zu mindestens acht anderen Briefkästen im Haus, der Kellerschlüssel immerhin nur noch zu vier weiteren Kellerabteilen und der Wohnungsschlüssel? Ich hoffe, den gibt es wirklich nur einmal, aber sicher bin ich mir nicht! Es scheint, dass beim Bau der Wohnungen am falschen Ende gespart wurde. Es sind nur Kleinigkeiten, aber in der Masse nervt es dann doch. Zum Beispiel lässt sich die Fußbodenheizung nicht einwandfrei regeln, im Hauswirtschaftsraum (hey, da soll mein Gefrierschrank hin) wird es brütend heiß, genauso wie im Arbeitszimmer, im Gäste-WC läuft die Spülung ohne Ende und noch ein, zwei Sachen mehr. Dem Stress mit dem sich „Kümmern-müssen-um..." wollte ich doch durch das Wohnen in einer Mietwohnung entgehen. Der Vermieter kümmert sich vorbildlich, aber...

Ich hoffe es wird besser, vieles konnte ich inzwischen ja schon ausprobieren, ähm, Herd und Kühlschrank allerdings noch nicht.

Viel Zeit zum Nachdenken bleibt nicht, aber ich denke, das ist gut so.

In diesem Sinne: Eine gute Nacht!

Tageslichtlesern und -leserinnen: Einen schönen Tag!

## Visitenkarte

Da sich meine Anschrift durch den Umzug geändert
hatte, war meine Visitenkarte nicht mehr auf dem
neuesten Stand. Eigentlich wollte ich die alte, von mir
heißgeliebte, nicht verändern, nur die Adresse sollte
halt schon stimmen. Irgendwie verstand das, der von
mir beauftragte, Designer nicht oder falsch. Vielleicht
hatte ich mich auch unklar ausgedrückt.
Wie auch immer, eines Tages bekam ich einen völlig
überarbeiteten Entwurf. Und war erst mal ratlos. Von
wem war denn da die Rede? Wer stellte sich da vor?
Frauenaktivistin? Ideengeberin? Coach, Autorin? Das
war doch nicht ich, oder? Alles irgendwie wahr und
irgendwie doch nicht. Das Ganze schien mir „too
much" zu sein, zu übertrieben.
Ich merkte allerdings auch, bei Umfragen im
Bekanntenkreis, dass Männer mit diesen
Überspitzungen überhaupt kein Problem hatten,
Frauen schon. Hoch- statt tiefstapeln, so typisch für
Männer! Auch wenn das jetzt sehr verallgemeinernd
ist.

Diese Visitenkarte, bzw. dieser Entwurf der Visitenkarte, kam nicht in Frage, never ever. Oder vielleicht doch? Es war ja nicht falsch, was darauf stand, alles Tätigkeiten, die ich tatsächlich ausübe, aber... Da war es wieder, das Unbehagen. Aber ich mache das „nur" nebenbei. Macht ein bisschen „bloggen" und Kurzgeschichten schreiben gleich eine Autorin aus mir? Einen Buchentwurf kritisch lesen und mit der Autorin diskutieren eine Lektorin? Ich schob die Idee einer neuen Visitenkarte einfach beiseite, bestellte bei jemand anders die alte mit geänderter Anschrift und war zufrieden.

Zunächst. Etwas nagte an mir. War die Idee mit dem neuen Design der Visitenkarte doch gut und richtig? Wer bin ich denn tatsächlich? Wer möchte ich denn sein? Was ist mir so wichtig, dass es unbedingt auf eine Visitenkarte „muss"? Als welche Person möchte ich mich präsentieren? Die Gedanken liefen mehrere Wochen im Kreis, mal schneller, mal langsamer. Sie zwangen mich dazu, über mich selbst nachzudenken. Meine Fähigkeiten anzuerkennen, die ich über das Berufliche hinaus unzweifelhaft habe, zu benennen, wer ich bin und sein möchte, schwierig, aber nicht unmöglich. Und dann sollte die Karte auch noch hinreichend unbestimmt sein, durchaus auch zu einem Gespräch einladen, denn von der

Ursprungsversion her ist eine Visitenkarte ja ein Türöffner im positiven Sinn.

„Ideengeberin" gefiel mir von Beginn an, dieses Wort habe ich von der Ursprungsidee gerettet, denn Ideen habe ich viele, immer und überall. Ideen zeichnen mich tatsächlich aus. Und dann „Epikerin". Was für ein Wort. Ja, vielleicht ein bisschen zu intellektuell, aber egal. Denn es vereint meine Leidenschaften für das Geschichten erzählen, das Geschichten schreiben, das Lektorat, das Bloggen. Was für ein herrlich vielseitiger, dabei aber trotzdem unbekannter Begriff! Und wenn ich schon in die Selbstdarstellung einsteige, dann auch bitte mit Foto, Frau gönnt sich ja sonst nichts! Was kann ich dafür, dass ich bei den Fotos des Webdesigners auch ungeschminkt so gut rüberkomme? Mir machen die jedes Mal beim Betrachten Lust auf mehr und stellen mich vor die Qual der Wahl. Aber am Ende war ganz klar, es konnte nur das eine Foto werden, das mit der kleinen roten Tasche als Pin in der Jacke. Der Pin, der für den Equal Pay Day steht, den Tag der „roten Tasche", der Tag bis zu dem die Frauen rechnerisch immer noch länger (über den 31.12. eines Jahres hinaus) arbeiten müssen, um denselben Lohn zu erhalten wie Männer. Dieser Tag liegt in Deutschland seit Jahrzehnten immer noch unverändert im März! Furchtbar! Skandalös! Ja, doch Frauenrechtsaktivistin! Wer sehen will, findet diesen Hinweis auf der Visitenkarte, Pin statt Holzhammer.

Rot passte als Farbe dann auch nicht mehr, hm, dann blau-türkis für das Wasser, welches ich so liebe. Wasser ist mein Element, ja, nehme ich.

Am Ende habe ich mir sehr viele Gedanken gemacht, die von dem Webdesigner nur noch umgesetzt werden mussten. Zusammen bekamen wir es relativ schnell hin. Schließlich reicht „perfekt" als Ergebnis völlig aus.

## Büsum

Büsum. Warum will ich unbedingt da hin? Was ist an dem Ort so besonders? booking.com sagt zu dem von mir gewünschten Zeitraum sei fast alles belegt oder aber zu teuer. Tönning wird mir stattdessen vorgeschlagen, soll wohl auch ganz nett sein, liegt direkt am Meer, bietet unzählige Möglichkeiten. Hm. Ich warte und warte mit dem Buchen.

Ohne Buchung habe ich mich schon auf den Weg in den Norden begeben. Gestern besuchte ich meine Freunde in Glinde, aber jetzt ist Zeit für den Aufbruch, das Hotelzimmer ist bis 11.00 Uhr zu verlassen.

Und dann ist da ja auch noch der Besuch bei meiner Mutter in Heist, liegt eh auf dem Weg nach Büsum...

Noch ein letztes Mal das Laptop hochgefahren und plötzlich gibt es genug freie Betten in Büsum, durchaus bezahlbare, nahezu direkt am Deich, Parkplatz inklusive. So, diese Pension nehme ich jetzt. Angerufen statt über booking.com gebucht. Ja, sagt die Frau am Telefon, es seien noch Zimmer frei. Wann ich denn kommen wolle? Heute? Ja, Booking.com zeigt noch freie Zimmer bei Ihnen an. Hm, da müsse sie nachschauen. Ach ja, und bitte mit Balkon. Natürlich wird noch ein passendes Zimmer gefunden, 5 % günstiger als wenn ich über das Internet gebucht hätte, das nehme ich.

So, nun ist allerhöchste Zeit für den Aufbruch, meine Mutter wartet. Wir wollen zusammen Mittagessen, für 12.00 Uhr ist reserviert. Müsste ich locker schaffen, hm, äh, Samstag mitten durch Hamburg, das bedeutet viel Verkehr, scheint aber laut Navi und Karte die kürzeste Strecke zu sein. Und langsam habe ich ein Zeitproblem, also ab ins Abenteuer und diese Route ausprobieren. Alles läuft glatt, aber ich bin doch am Ende 15 Minuten zu spät angekommen, passiert mir selten.

Mittagessen mit meiner Mutter, gequälte Konversation, naja, eher ein Monolog. Nach drei Stunden, gefühlte Ewigkeit, kann ich nicht mehr und verabschiede mich. Ich bin zwar immer noch reif für die Insel, aber es reicht nur für Büsum. Gebucht ist gebucht. Ich fahre los und sehe meine Mutter im Rückspiegel, eine einsame, alte, kranke Frau in einem Rollstuhl, die mir sehnsuchtsvoll hinterher zu schauen scheint. Furchtbar. Das gibt mir doch einen

Stich ins Herz. Hätte ich doch noch länger bleiben können? Und wollen?

So, ab jetzt muss ich mich auf den Verkehr konzentrieren, die Zeiten, in denen ich mich hier in der Gegend noch auskannte, sind vorbei. A 23 Richtung Heide. Heide, ja, auch da war ich oft, der große Marktplatz ist da Alleinstellungsmerkmal. Ab von der Autobahn und über die Dörfer, je näher ich Büsum komme, desto vertrauter werden mir die Ortsnamen. Jetzt drängen die Erinnerungen mit Macht an die Oberfläche: Kindheit, Jugend, Reisen mit dem Wohnwagen zusammen mit meinem Mann, eine Woche Urlaub alleine mit meinem Kind, das Gedächtnis liefert mir immer mehr Bilder. Halte ich an? Nein, ich fahre langsam weiter, denn eins erkenne ich mit deutlicher Klarheit: Es sind durchweg glückliche Erinnerungen! Trotzdem kommen die Tränen. Doch nicht alles falsch gemacht im Leben, oder? Natürlich rein rhetorisch die Frage, Diskussionen mit mir selbst sind nur selten ergiebig.

Als ich in meiner Pension ankomme, stelle ich fest, dass diese in der Nähe des Strandabschnittes liegt, an den wir, Mutter, Oma, Schwestern immer gefahren sind, wenn es von Hohenwestedt aus mal für einen Tag ans Meer ging. Wir alle dicht gedrängt im kleinen Käfer, waren das noch Zeiten! Sonnenschutz fast ein

Fremdwort, anschnallen sowieso, Gulasch- und Ochsenschwanzsuppe aus der Thermoskanne. Kindheit halt.

Mein Zimmer in der Pension ist winzig, okay, 11 qm stand zwar auch in der Beschreibung, aber das zwei qm davon auf den Balkon und über drei auf das, zugegebenermaßen sehr großzügige, Bad entfallen, davon stand da nichts. Bett, Ohrensessel, immerhin, ein Hauch von Kleiderschrank, für fünf Tage und Nächte meine neue Heimat.

Koffer auspacken und ab ans Meer, wenn es denn da wäre. Wie war das noch mal mit Ebbe und Flut? Mensch, hat es sich hier verändert! Kurtaxe wird aber immer noch verlangt. Nach Büsum-Zentrum sind es über den Deich knapp zwei Kilometer. Diese Strecke werde ich in meinem Urlaub noch öfter gehen, auch mehrmals täglich. Zeit zum Nachdenken und Nichtstun. Wobei das eine tatsächlich das andere ausschließt.

Fürs Nachdenken habe ich genug Themen, meine Eltern, mein schwieriger Umgang mit ihnen und jede Menge anderer Fragen: Wieviel schulden wir Kinder unseren Eltern? Vor Jahren las ich dazu ein kluges Buch, die Autorin kam am Ende der philosophischen Betrachtung zu dem Ergebnis „Nichts". Ist das für mich genug? Würde ich meine Eltern auch so behandeln wie ich es tue (mit schlechtem Gewissen), wenn es nicht meine Eltern wären, sondern fremde Dritte? Das „Nein" als Antwort ist erschreckend, macht mir Angst, aber ich will und muss ehrlich zu mir selbst sein. Mein Leben nimmt gerade eine neue Abzweigung und da bin ich natürlich dabei.

Was schulde ich meinem Kind? Schulde ich ihm noch etwas für seine doch relativ verkorkste Kindheit? Wenn ja, ist die Schuld überhaupt zu begleichen? Wer sagt, wann es ausgeglichen ist? Tue ich ihm einen Gefallen, wenn ich aufgrund von Schuldgefühlen vielleicht doch mehr ab- und übernehme als ich es bei einem jungen Erwachsenen sollte? Schulde ich ihm etwas und wenn ja, wieviel und was, weil er mir über Gebühr bei der Räumung meines Hauses und der Neueinrichtung meines Lebens geholfen hat? Denn wenn ich meinen Eltern nichts schulde, dann gilt das selbstverständlich auch für meinen Sohn mir gegenüber. Gedanken, die kommen und gehen wie Ebbe und Flut.

Und dann ist da noch die Sache mit meinem verstorbenen Mann. War ich wirklich die ganze Zeit mit ihm so unglücklich, wie es mir nach seinem Tod vorkommt? Habe ich mich damals beim Kennenlernen in der Person so geirrt, mich jahrelang selbst belogen oder gab es auch gute Zeiten? Muss es gute Zeiten gegeben haben, damit ich mich, eine im

Grund intelligente und kluge Frau, besser fühle? Warum stirbt tatsächlich die Hoffnung zuletzt? Warum vernachlässigte ich mich selbst so sehr und blieb jahrelang in einer Beziehung, in der alle Beteiligten unglücklich waren? Oder gibt es zwischen glücklich und unglücklich noch einen dritten Zustand? Alles nicht so einfach. Irgendwie ist in Büsum der Zeitpunkt gekommen, Bilanz zu ziehen und nach dem tatsächlichen Auf- und Ausräumen in meinem Leben auch die Gefühlsebene mal „durchzufegen", den Staub aus den Ecken zu kehren und vielleicht das eine und andere im Licht der nördlichen Sonne neu und anders zu betrachten. Vielleicht auch der Zeitpunkt mir selbst zu verzeihen, denn ändern kann ich die Vergangenheit nicht mehr. Aber daraus für die Zukunft lernen, wenn ich das denn will.

Die Zeit in Büsum ist hart, viele Tränen sind geflossen, aber Masse macht keine Klasse! Und auch hier sind es wieder meine Freundinnen und Freunde die mich ein Stück des Weges begleiten, da sind, wenn ich sie brauche. Nachrichten und Botschaften schicken. Ein aufmunterndes „Du schaffst das!" ist genauso dabei, wie Verständnis, wenn ich mich beklage oder ein „Ich bin so stolz auf Dich, dass Du Dich dem stellst!" Die Aussagen sind so verschieden wie meine Freunde, aber eins haben sie alle gemeinsam: Sie trösten mich, bieten mir etwas sehr kostbares, nämlich ihre Zeit und Zuwendung! Ich bin nicht allein und das wiederum bewegt etwas in mir. Denn ich fand mein Verhalten bis zu dem Zuspruch/den Zusprüchen gar nicht so toll, für mich war das selbstverständlich. Es kommt also, wie so oft im Leben, einfach nur auf den Standpunkt an.

Am Ende meiner Zeit in Büsum wusste ich: Ich musste genau dort hin! Tönning hätte nicht zum selben Ergebnis geführt, vielleicht nicht einmal zum gleichen.
Und ab und zu ist das, was glänzt, tatsächlich Gold!
Denn ich brauchte meine Erinnerungen nicht auf schön zu frisieren, sie waren bunt, leuchtend, fröhlich, voller Lachen und ja, auch Liebe! Ich habe mich ein Stück mit mir selbst ausgesöhnt. Büsum sei Dank!

# Freundschaft

Was ist Freundschaft? Wo ist der Unterschied zur Bekanntschaft? Gibt es auch Abstufungen? Gute Bekanntschaft, schlechte Bekanntschaft? Was ist eine „gute" Freundschaft? Mit einer Freundin habe ich während eines Urlaubs lange und intensiv darüber diskutiert, am Ende gab es dann immerhin ein Ergebnis für die Freundschaft, nämlich Seelenverwandtschaft. Und die übrigen Fragen blieben ungeklärt.

Kürzlich bekam ich in Form eines Zitats folgende Definition zugesandt: „Ein Freund ist jemand, der uns besser macht. In seinem Beisein fühlen wir uns wohl, wir wachsen, werden intelligenter oder sensibler, wir öffnen uns für Aspekte der Welt oder unseres Selbst, die wir noch nicht kannten. Die freundschaftliche Beziehung ist daher eine Gelegenheit für unsere Fortentwicklung." Für mich ist dieser Gedanke stimmig und überzeugend. Denn nach dieser Definition braucht „Freundschaft" auch keine Adjektive wie gut, wahr oder schlecht.

Ich stelle im Folgenden einige Freudinnen und Freunde vor und erzähle, was gerade diese Freundschaft so wichtig für mich macht. Das kann vielleicht die Erinnerung an den Beginn der Freundschaft sein, ein besonderes Erlebnis, eine oder mehrere Eigenschaften der Person. Meine ganz subjektive Art, diese Freundschaften zu betrachten. Denn jede Freundschaft hat ihre spezielle Grundlage, Basis, nein, nicht Bodensatz, obwohl, dass vielleicht auch, aber ich meine eher die Quintessenz! Einige Freundschaften haben eine Entstehungsgeschichte, andere kommen aus dem Nichts. Manche entwickeln sich schnell, intensiv, andere wachsen langsam. Sie sind dauerhaft, stark, beständig, erfrischend wie ein warmer Landregen an einem schwülen Sommertag oder auch fix wieder vorbei. Und jede Freundschaft hat ihre Hoch-Zeit und ihre eigene Intensivität. Bis zu dieser Erkenntnis war es ein sehr weiter Weg, aber jeder Zentimeter hat sich gelohnt. Danke an alle Wegbegleiter.

Die Reihung ist willkürlich, obwohl ich denke, dass mein Unterbewusstsein mitdenkt und -lenkt.

**Die „Langzeitaffäre"**: Ein Mann, der es aus dem Dating-Portal ins wahre Leben geschafft hat. „Mein Mensch des Jahres 2019", eine fiktive, undotierte, folgenlose Auszeichnung, die ich einmal jährlich formlos vergebe. Der Mann, der mich herausforderte wie kein anderer, der monatelang in meinen Gedanken herumschwirrte, über den schon so viel erzählt und geschrieben wurde. Das Ende der Freundschaft war schmerzhaft, die Erinnerung lässt mich lächeln. Trotzdem und deswegen: Alles gut. Sag niemals nie, die Freundschaft geht nach Pause weiter, vielleicht anders. Mir fehlt ohne ihn etwas: Humor, der zu meinem passt. Und ich fühle mich immer noch unbewusst von ihm herausgefordert. Warum? Keine Ahnung. Andernfalls müsste ich ihn vielleicht auf den Status „Bekannter" herabstufen, wäre auch doof.

**„Doris":** Mein Mensch des Jahres 2018! Die Grundsteinlegerin für die Idee einer sehr persönlichen „Ordensverleihung". Mein Aktivposten im Jahr der großen Umwälzung meines Lebens! Plötzlich war sie da. Einfach so stand sie vor der Haustür, eine Flasche Wein in der Hand, sie sorgte sich um mich. Damals war sie noch eine Fremde. Ich kann mich an wenig erinnern von dem Abend, ein Satz ist mir aber im Gedächtnis geblieben: „Ich mache alles mit, nur keinen Wein trinken!" Sie zeigte mir dann ein Stück Heimat, ein Stück Küste mitten im Fränkischen, die „Blaue Maus". Was für ein Erlebnis!

Und so ging es das Frühjahr und den Sommer über weiter. Sie lauschte meinen Erlebnissen, Rat und Tat bereithaltend, keine Wertung übend. Wir gingen regelmäßig essen und nach den Männern der Wasserwacht gucken, ein einfaches Vergnügen in, für mich eigentlich, traurigen Zeiten. Ohne Doris wäre ich letztes Jahr (2019) nicht so schnell in der Klinik gewesen, Vorbildfunktion, ganz klar. Ihre Wärme und Großzügigkeit hüllen mich ein, umgeben mich wie einen Kokon. Längst ist die Bindung etwas lockerer, den Umständen geschuldet, aber das macht nichts. Denn im Notfall reicht ein Zupfen an der Schnur und meine Freundin steht wieder vor der Tür.

„Die Autorin": Das bisher beste „Blind Date" meines Lebens, allerdings auch mein einziges. Ihr Mann gab mir ihren ersten Roman zum Lesen mit der Bitte um ggf. Korrektur und Feedback. Das Thema interessierte mich, ich war Feuer und Flamme, nicht ahnend, wie viel Arbeit Korrekturlesen macht. Spaß ist definitiv was anderes! Wir trafen uns in einem Café. Zuerst traute ich mich nicht meine Kritik anzubringen, aber die Schriftstellerin wollte es wissen. Alles! Wer mich fragt, bekommt Antwort, offen und ehrlich. Ich war fasziniert, wie mit meinen, doch eher unbeholfenen, Worten umgegangen wurde. Das war der Beginn einer wunderbaren Freundschaft, die mich sogar nach

Finnland brachte. Diese Freundin ist so etwas wie mein Sparringspartner. Sie zwingt mich zur Reflektion, sie teilt sehr freigiebig ihr Wissen und wertet auch nicht. Das war ich bis dahin nicht gewohnt! Sie fordert mich auch heraus, das mag ich, das brauche ich, aber sie lässt mich nicht im Regen stehen. Wie Doris ist sie für mich da, aber anders. Ich bewundere sie, ja, aber mit einer inzwischen gesunden positiven Grundeinstellung mir selbst gegenüber.

**„Die taffe Münchnerin":** Ich lernte sie 2019 im Kloster Banz kennen, das ist noch nicht einmal ein Jahr her, unglaublich. Sie faszinierte mich durch die Selbstverständlichkeit mit der sie in der Vorstellungsrunde mitteilte "bei BMW sei es zu langweilig gewesen." Ein Seminar später kamen wir tiefer ins Gespräch, ein Treffen in Rothenburg ob der Tauber folgte, mit der Besichtigung tausender Weihnachtsartikel. Anschließend erschienen mir Räuchermännchen sogar im Schlaf. Im Februar ein Treffen in München. Gespräche über Gott, die Welt und Feminismus, oder so ähnlich. 20 Jahre jünger? Geschenkt! Es passt. Anhand ihrer Lebensgeschichte, den Schnipseln, die ich inzwischen kenne, konnte ich mich von einem knapp 40-jährigen Trauma befreien, nämlich "unterschiedliches Bildungsniveau". Wie musste ich lachen, so richtig von Herzen, als ich die dazugehörige Geschichte hörte. Und dann erkannte ich mich selbst darin! Spontanheilung. Danke! Und sonst? Es läuft. Durch ihren Input komme ich weiter, die Dialoge machen Spaß, Freundschaft der besonderen Art. „Role Model" klingt und passt deutlich besser als „bunter Hund". Ihr Literatur-, eher Podcast-Tipp „Sie hat Bock" führt mich seitdem von einem spannenden Buch zum nächsten! Was habe ich alles verpasst, gerade die Trends in Sachen „Sex", herrlich oder doch eher traurig? Ich erlebe ein seit 2 Jahren nicht mehr gekanntes Gefühl der Befreiung, nutze die Möglichkeit, Sachverhalte in Worte zu fassen, in den aktiven Dialog zu treten, neue Worte zu üben. Diesbezüglich war ich bei der Autorin noch sprachlos!

**„Anna"**: Wann ich Anna das erste Mal traf, daran habe ich keine Erinnerung mehr. Aber wo weiß ich noch: Im Finanzamt. Zunächst eine Kollegin von vielen, vertrauter werdend, beeindruckte mich ihre Vehemenz, mit der sie für mich eintrat. Das war ungewohnt, denn sonst bin immer ich die Kämpferin, die, die sich für andere einsetzt! Die Freundschaft entwickelte sich schleichend, heute ist sie fester Bestandteil meines Lebens. Anna ist die Frau, die dafür sorgt, dass Probleme mit Männern auf das

Wesentliche reduziert werden. Erst heute durch die Frage: „Willst Du Cabrio oder Familienkutsche fahren?" Die Antwort ist so was von eindeutig, da bleibt nur ein großes Dankeschön! Außerdem bin ich immer zu Tee und Kuchen willkommen, ihre Lebenserfahrung ist unbezahlbar und ja, manches Mal höre ich ihr sogar zu. So kann Freundschaft auch sein!

**„Der Graphiker":** Wir lernten uns letztes Jahr am Chiemsee kennen. Der Kurschatten, auf den ich ein Viertel Auge geworfen hatte, schleppte ihn an. Durch meinen Ehemann war meine Sicht auf Männer stark eingeschränkt. Diese Beiden zeigten mir durch ihr Verhalten, dass Männer auch anders sein können. Und zwar einfach dadurch, dass sie waren wie sie sind.

Und wie sehe ich den Graphiker? Diese Beschreibung fällt mir spontan ein: Witzig, aufmerksam, sehr kämpferisch (hinsichtlich seiner Krankheit), zäh, Versprechen haltend, fest im Leben stehend, ab und an zu Übertreibungen neigend, liebevoller Vater. Stolz auch, ja, aber wegen des Stolzes (meinem) kamen wir ja gerade ins Geschäft, im wahrsten Sinne des Wortes. Es war eine meiner besten Ideen, mir von ihm ein persönliches Logo entwickeln zu lassen, denn eigentlich wollte ich „nur" besonderes Briefpapier.

Das mittlerweile fertig gestellte Logo zeigt Herzblut, ich finde mich dort wieder mit meinen Wünschen und Eigenschaften, „der Graphiker" ist ein sehr guter Beobachter. Deswegen zitiere ich hier seinen dazugehörigen Text: „Das Logo ist sehr weiblich und vermittelt Leichtigkeit. Es ist in der Darstellung wie eine Mischung aus Schmetterling, Blüte und Baum. (…) Er steht für: Im Leben verankert sein, seine Wurzeln schlagen wollen, aber vor allen Dingen für Wachstum. Die unendliche Linie spiegelt alle Eigenschaften, welche dich ausmachen oder nach denen Du suchst. Leichtigkeit, Schönheit, Verankerung, Vielfalt, Wachstum, Leben."

Dem gab und gibt es nichts hinzuzufügen, außer meiner stilisierten Unterschrift unter dem Logo. Und diese Idee verdanke ich der Autorin und ihren Fragen! Beiden an dieser Stelle ein schlichtes „Danke!" Und da Klotzen-statt-Kleckern mein Motto ist, habe ich jetzt Visitenkarten, Briefpapier, Briefmarken und das Logo fett gedruckt auf meinem Auto! Ja, so geht Leben auch! Ich genieße weiterhin den Kontakt, denn ich weiß im Notfall wäre er für mich da, wenn seine Krankheit es zulässt. Und eine männliche Ansicht ist ab und zu sehr hilfreich, gerade wenn es um die Spezies "Mann" geht. Freundschaft in schwierigen Zeiten ist nicht nur weiblich.

**„Die Kosmetikerin":** Wir kennen uns seit über acht Jahren und sind beide inzwischen verwitwet. Wie das Pseudonym schon andeutet, brachte uns ihr Beruf zusammen. Sie gibt mir mehr als nur ein angenehmes Hautgefühl, nämlich ab und zu einen Schubs in die richtige Richtung. Okay, um mich beim Datingportal „Finya" anzumelden, brauchte es schon mehr als einen Schubs. Durch „Finya" und die sich dort tummelnden Männer habe ich inzwischen viel erlebt und ungezählte Aspekte meiner Selbst entdeckt. Manche davon machen mich sogar besser! Witwenfreundschaft kann mehr beinhalten als nur gemeinsam Essen gehen.

**„Die Försterin":** Wenn ich mich recht erinnere lernten wir uns in der Krabbelgruppe unserer Kinder kennen. Sie war genau so wenig von hier wie ich und das schweißte uns zeitweise eng zusammen. Die Jahre gingen dahin und ihren letzten großen Freundschaftsdienst leistete sie mir beim Tod meines Mannes.

Im Wohnzimmer saßen Polizisten. Es war der Februarsonntag, als ein Teil meines Lebens zerbrach, die Leiche lag am Fundort im Keller. Ich unterrichtete alle, die mir gerade einfielen, von der Katastrophe. Die Frage der „Försterin", ob sie kommen solle, konnte ich nicht schnell genug beantworten und 15

Minuten später klingelte es an der Tür. Ich hätte abgelehnt, die Frage verneint, wenn ich eine Antwort hätte geben können, aber ich bin froh, dass sie da war! Sie teilte mehr als drei Stunden Polizeipräsenz auf dem Sofa mit mir, war anwesend als der „Leichenarzt" mich begrabschte, sorgte für Wärme, als mir wegen des Schocks immer kälter wurde, kümmerte sich um die Bestatter, die den Leichnam kurz vor Mitternacht abtransportierten. Ein Fels in der Brandung des Unerwarteten und Unglaublichen.

Einige Monate nach der Trauerfeier trennten sich unsere Wege für immer. Als Grund nannte sie mir meine immer stärke Ausrichtung nach außen, hin zum Leben, während sie sich immer mehr nach innen orientiere. Ich bin dankbar für die gemeinsame Zeit . Die „Försterin" war lange Zeit ein inspirierendes Vorbild.

**„Die Tischtennisspielerin":** Wir gingen gemeinsam aufs Gymnasium, Lateinklasse, 80 % Jungs. Das schweißt Mädchen zusammen. Als ich nach dem Studium wegzog, verlor sich der Kontakt. Sie las meine Heiratsanzeige in der in der Heimatzeitung Jahre später. Sie schrieb mir, schickte Glückwünsche. Erst da merkte ich, wie sehr mir die Gespräche mit ihr fehlten. Ich schrieb zurück. Seitdem hält der Kontakt, wir sehen uns regelmäßig, naja, einmal im Jahr im

Durchschnitt und bringen uns dann gegenseitig auf den neuesten Stand. Meistens besuche ich sie, sie ist mir vertraut, sie scheint nicht älter zu werden, Stimme und Statur ist immer wie in meiner Erinnerung. Ein Treffen mit ihr ist wie nach Hause kommen.

**„Ellenlang"**: Die Freundschaft mit ihr begann früh, Grundschule, und hielt bis zu meinem 40. Geburtstag, ziemlich auf den Tag genau. Nach unserem Bruch fühlte ich mich, als würde mir etwas Wichtiges fehlen. Wochenlange Rückenschmerzen (klar psychosomatisch) begleiteten den Verlust. Funkstille, nahezu absolut, gerade einmal ein Treffen bei gemeinsamen Freunden. Ja, die Verletzung auf meiner Seite war tief und lange Zeit schwärend, und natürlich hat immer die andere Schuld. Wer sonst? Nach dem Tod meines Mannes, überlegte ich nächtelang, ob und wie ich ihr eine Nachricht zukommen lassen sollte. Schließlich entschied ich mich für eine unpersönliche E-Mail, sie antwortete. Sie und ihr Mann kamen zur Trauerfeier, hunderte von Kilometer weit. Als ich sie bei der Kirche stehen sah, die Zeit hatte Spuren hinterlassen, aber sie war immer noch „Ellenlang", brachen sämtliche Dämme, die die Tränen bislang zurückhielten. Alles war plötzlich da: Unsere Kindheit und Jugend, Studium, Wegzug von zu Hause, Kennenlernen meines Mannes, als ich sie im Studentenwohnheim besuchte, gemeinsame Urlaube, Trauzeugin und, und, und. Ihr Mann machte mir ein sehr schönes Geschenk, denn er war aufrichtig begeistert von der Urne, der Trauerfeier, er war sich sicher, dass mein Mann es sich genauso gewünscht hätte. Alle Zweifel und Schwierigkeiten der vorangehenden Wochen lösten sich wenigstens kurz in Luft auf! Das Rad der Zeit lässt sich nicht zurückdrehen, die Freundschaft ruhte nicht, sondern ist tatsächlich beendet, wie ich einige Monate später bei einem Besuch feststellen musste. Es gab zwar gegenseitiges Interesse, aber keinen echten Anknüpfungspunkt mehr. Unsere Leben haben sich auseinanderentwickelt. Das Erscheinen bei der Trauerfeier werte ich als letzten Freundschaftsdienst, ich bin froh, dass ich den Kontakt, wenn auch aus traurigem Anlass, wieder aufgenommen hatte.

„Die Zicke von der Telefonvermittlung": Das war mein erster Eindruck von ihr. Wie mehr daraus wurde, sich meine Einstellung zu ihr so grundlegend änderte, ich kann mich nicht erinnern. Sie hat dazu ihre eigene Geschichte. Als ich begann im Finanzamt Veranstaltungen zu organisieren, war sie von Anfang an dabei. Unterstützung pur, nicht nur durch Anwesenheit, sondern aktives Tun. Ihr Interesse an meiner Person war immer echt. Wenn ich eine Ansprechpartnerin brauchte, war sie da, genauso, wenn es darum ging, Dampf abzulassen. 2009 trennten sich unsere beruflichen Wege, aber die Verbundenheit blieb, ich finde sie ist eher noch intensiver geworden. Auch war sie ein Überraschungsgast auf der Trauerfeier, etwas, was ich nie in Betracht gezogen hatte. Die Wertschätzung, die in dieser Geste lag, brachte zwar wieder meine Tränen zum Fließen, wärmte an diesem eiskalten Tag aber mein Herz und das bis heute.

**Der „Wahlkampfmanager":** Er kam im Mai 2021 zum Kreis meiner Freunde. Ja, nein, vielleicht? Sicher! Seine Fragen sorgten für ein rasantes Wachstum meiner Selbst, brachten und bringen mich zum Nachdenken, auf eine habe ich bis heute keine Antwort, nämlich: Kann Freundschaft einseitig sein? Meine Freundschaftsanfrage hat er inzwischen bejaht, aber die Frage geht mir trotzdem seitdem nicht aus dem Kopf! Ihm verdanke ich eine erstklassige Website, Teile meines Erfolgs bei der Personalratswahl und vieles mehr, u.a. schlaflose Nächte. Aber Dank seiner kleidungstechnischen Einkaufsberatung sehe ich dann am nächsten Morgen nicht mehr ganz so mitgenommen aus. Und sonst? Ja, ein paar Träume, von denen ich gar nicht (mehr) wusste, dass ich sie hatte, wurden mit seiner Hilfe verwirklicht, sei es so etwas lapidares wie einmal

„Model" sein oder meine Kurzgeschichten einer breiteren Leserschaft zugänglich zu machen. Er fordert mich heraus in vielerlei Hinsicht, die Freundschaft mit ihm ist anstrengend, intensiv, manchmal zu sehr, aber „Ich will alles, und zwar sofort" wie es in einem alten Schlager von Gitte Haenning heißt. Mein Mensch des Jahres 2021, auch wenn das Jahr im Gegensatz zur Freundschaft noch nicht vorbei ist. Strohfeuer halt, Schulterzucken. Naja, die eine und/oder andere „Flamme" gibt es wohl doch noch. Auch wenn es nur eine Sparflamme ist.

**Der „Junge Kollege":** Ihn muss ich jetzt, 05/22, unbedingt noch ergänzen. Zwar bin ich gefühlt wie Maria zum Kind gekommen, aber unsere Freundschaft hält schon sehr lange. Ich mag ihn, obwohl „mögen" ja nicht unbedingt eine meiner Voraussetzungen für Freundschaft ist. Kennengelernt haben wir uns nach dem Tod meines Mannes im Amt. Plötzlich saß ich zwei Zimmer weiter im Büro und er kam ab und zu vorbei um Kaffee zu holen. Er half mir durch die „Bürogemeinschaft" mit „Iwan, dem Schreihals", natürlich auch ein Pseudonym, hatte ein Ohr für meine Klagen über „Hilde, die Unreflektierte". Ja, wir müssen auf unsere Art schon ein merkwürdiges Gespann abgegeben haben. Heute schätze ich an ihm sein „Kümmern", die ehrliche

Besorgnis, die aus seinen Worten spricht, wenn er sich nach meinem Gesundheitszustand erkundigt, genauso wie seine Parolen wie „Du schaffst es!" Was auch immer „es" in dem Moment dann ist. Ich mag seinen Glauben an mich, an meinen Durchsetzungswillen, an meine Kraft, an was auch immer. Ich gebe dafür im Gegenzug mein Wissen, meine Lebenserfahrung, meine Geschichten, die tatsächlich manches Mal lehr- und hilfreich sein können. Nicht jeder Fehler muss selbst gemacht, nicht jedes Rad neu erfunden werden.

Ein paar Freundschaften zähle ich einfach nur auf, z.b. „Die Mehrfachmutter", einfach Sympathie pur, „Die Kieferorthopädin", tatsächlich meine langjährigste Freundin, „Die Portugiesin", deren Sprachmelodie alleine meine Laune schon hebt, „Die Halbjuristin", die mir in Zeiten sexueller Belästigung als Einzige die Frage stellte „Wie kann ich Dir helfen?" Eigentlich sollte ich sie gar nicht erwähnen. (Entschuldige bitte, aber es ist mir wichtig!) Da Papier geduldig ist, kann ich jederzeit Ergänzungen vornehmen.

Ich bin eine Frau, die mit vielen Freundschaften gesegnet ist, was mir erst im Laufe des letzten Jahres bewusst wurde.

Meine Freunde und Freundinnen haben mich sehr lange Zeit gestützt und unterstützt, ihre Wertschätzung macht graue Tage bunter und endet nicht, wenn frau sich auch mal zurückzieht, um in Ruhe durchzuatmen, zur Besinnung zu kommen! Für mich ein ganz neuer Denkansatz, aber es fühlt sich richtig an. Ein „Vorrat" an Freunden, was für eine beglückende Vorstellung! Und es ist nicht das Ende, wenn eine Freundschaft endet, denn jedem Ende wohnt ein Anfang inne. Ich muss es nur erkennen.

## Besser sehen 2.0

Es ist Morgen, so ganz langsam werde ich wach, die Sonne scheint schon durch mein Schlafzimmerfenster, bringt Licht in die Bude. Nach dem Stand der Sonne an der Wand zu urteilen, ist es ungefähr acht Uhr. Also langsam aufstehen, ab ins Badezimmer und vorsichtig unter das warme Wasser, denn die Devise nach meinen Augenoperationen der letzten Tage lautet: „Kein Wasser oder gar Shampoo in die Augen!" Es ist mir ein Bedürfnis die Reste von der Joddesinfektion aus den Haaren zu waschen, mich wieder als gepflegter Mensch zu fühlen. Die vorgegebene Mindestwartezeit von zwei Tagen ist um und deshalb: Rein ins Vergnügen. Wasser sparen hebe ich mir für ein anderes Mal auf.

Ja, ich habe mir nach langem innerem Kampf Kunstlinsen einsetzen lassen. Das Drama, und für mich waren die letzten Wochen und Monate ein wahres Drama, fing an, als ich Ende November 2020 im Garten stürzte und mir dabei ganz böse meine Brille verbog. Sonst war mir bis auf blaue Flecken nichts passiert, aber die Sache mit der Brille nahm unglaubliche Ausmaße an. Jeder Versuch, die Brille zu biegen, dass ich wieder so gut sehen konnte wie vor dem Sturz, war zum Scheitern verurteilt. Anfangs war ich nahezu täglich beim Optiker meines Vertrauens und langsam gingen uns die Ideen aus. Ende Februar reichte es mir. Ich kaufte mir ein sehr schönes neues Gestell und konnte immerhin vier Wochen lang alles klar und deutlich erkennen, wieder richtig gut sehen. Aber dann hatte ich durch pure Dusseligkeit den nächsten Unfall bei der Gartenarbeit und wir waren so schlau wie vorher. Nichts ging mehr, nein, soweit nicht, aber auch kein „mit dem/r Zweiten sehen Sie besser!"

Meine Kosmetikerin hatte letztes Jahr wegen grauen Stars einen Linsentausch vornehmen lassen und war sehr zufrieden. Alles hatte problemlos geklappt, zumindest erzählte sie nichts Gegenteiliges, sondern drängte mich es ihr gleich zu tun. Irgendwann war ich weichgekocht, hatte ein Beratungsgespräch bei meiner Augenärztin, die mir die Augenklinik in Fürth mit beredten Worten empfahl.

Mitte Juni wurden meine Augen peinlichst geprüft und für operabel befunden. Die Aufklärungsgespräche fanden auch gleich statt und die notwendigen Papiere unterzeichnet. Der angeforderte Kostenvoranschlag traf kurze Zeit später bei mir ein.

Bedauerlicherweise hatte ich bei den Prüfungen und Untersuchungen 100 von 100 Punkten erreicht oder so ähnlich, etwas, was sonst nie passiert, entsprechend fiel der begleitende Kurzbericht aus. Mit dem Kostenvoranschlag und dem Kurzbericht wandte ich mich zum einen an die Beihilfe und zum anderen an die ergänzende Krankenkasse.

Einer ersten Ablehnung konnte mit einer ausführlichen Stellungnahme meiner Augenärztin abgeholfen werden und am Ende hatte ich nach sehr langer Prüfungsdauer beide Zusagen. Beide allerdings übereinstimmend mit dem Hinweis das viele Kostenfaktoren unnötig seien, die Behandlung bei der Art der Erkrankung partiell nicht indiziert, kurzum die Klinik völlig überteuert sei. Mein voraussichtlicher Eigenanteil lag bei mehr als 1.000,00 €, Reklamationen und eine Bitte auf Anpassung des Kostenvoranschlags waren erfolglos.

Ich beschloss, nach innerer Diskussion mit mir selbst, mich trotzdem dort operieren zu lassen, wenn nötig würde ich halt die Rechnung nur unter Vorbehalt begleichen. Überteuerung bin ich als Privatpatientin gewöhnt, das scheint irgendwie dazu zu gehören, aber Abzocke ist dann doch noch mal was anderes. 25 % über den normalen Kosten, dafür sollte die

Leistung dann aber auch extrem überdurchschnittlich sein! Mindestens!

Der Tag der OP, besser gesagt, die Tage der OP kamen näher und es gab viel zu organisieren, weil mein Kind aufgrund eigener Berufstätigkeit nicht mehr auf Zuruf zur Verfügung stehen konnte. Da ich aber von einer erwachsenen Person abgeholt und 24 Stunden „überwacht" werden musste, haben wir die „Betreuung" mit viel gutem Willen doch geklärt.

Anreise mit dem Zug nach Fürth, das sonnige Wetter in der Fußgängerzone genossen, ich war deutlich zu früh vor Ort, hatte also Zeit für ein leichtes Mittagessen und einen letzten Blick. Denn egal wie die Operation am linken Auge verlaufen würde, so wie vorher würde es nie mehr werden!

Schon am Empfang stellte ich fest, dass Datenschutz in dieser Klinik ein Fremdwort ist, definitiv. Krankengeschichte eruiert gleich neben dem vollen Wartezimmer, hoffentlich waren die dort Wartenden nur mit sich selbst beschäftigt und/oder hatten das Hörgerät nicht eingesetzt. Das ist in Zeiten der DSGVO (Datenschutzgrundverordnung) einfach nicht mehr zeitgemäß, Abhilfe wäre aus meiner Sicht leicht möglich, aber mich fragt ja keiner!

Der Anästhesist war in Ordnung, wenigstens einigermaßen. Das Personal allerdings schien mir wie aus dem letzten Jahrhundert. Die an den Tag gelegte

Attitüde war einfach aus der Zeit gefallen. O-Ton der Arzthelferin, okay, wahrscheinlich ist die korrekte Berufsbezeichnung eine andere, im Rahmen der OP-Vorbereitung: „Wir setzen uns jetzt dieses Haarnetz auf und wir tauschen jetzt die Maske. Hier ist eine frische!" Und dann, Steilvorlage, fragte sie, ob sie noch etwas für mich tun könne. „Ja", sagte ich, „Sie können den Pluralis Majestatis weglassen! Es gibt keinen Grund mich so herablassend zu behandeln!" Sie verstand natürlich nicht, was ich meinte, also habe ich ihr ganz deutlich erklärt, dass es ja nur darum ginge, dass ich ein Haarnetz aufsetze und die Maske tausche und nicht „wir". Das ich mit diesen Satz keine neue Freundin gewann, war mir genauso klar, wie die Tatsache, dass der Pluralis Majestatis natürlich etwas ganz anderes ist, aber ich konnte nicht anders. Ich bin kein kleines Kind und will auch nicht als solches behandelt werden!

Anschließend ging es weiter in den Operationssaal, wo wirklich, soweit ich es in der Kürze der Zeit sehen konnte, bevor ich mich auf eine Liege legte (weder Bett noch Tisch scheint als Bezeichnung passend), wie am Fließband gearbeitet wurde. Hm, gut oder schlecht? Routine gegen Überlastung, Zeit und Arbeitsdruck? Keine Ahnung. Aber die Schwester musste dreimal stechen bis der Zugang für das Beruhigungsmittel saß. Hat was, nämlich am Ende ein sehr großes Hämatom auf dem Handrücken. Fing ja schon gut an. Der Arzt stellte sich vor, zeigte mir das Schätzchen, die Linse in der Verpackung, und dann kann ich mich nur noch erinnern, wie Schmerzen im Auge mich „Au" sagen ließen. Ein Schaben und Kratzen, tat das weh. Statt Schmerzmittel wurde das Beruhigungsmittel erhöht, ich sah weiterhin Lichter und Blitze, irgendwann war es vorbei. Die Augenklappe war durchsichtig, puh, sehen konnte ich aber dadurch trotzdem nur Schatten. Aber was soll's, das rechte Auge funktionierte ja noch tadellos und mein Kind brachte mich sicher zur Apotheke und nach Hause. Ich schlief nach all der Aufregung und den Beruhigungsmitteln wie ein Stein.

Am zweiten Tag sollte vor der Operation des rechten Auges im 3. Stock des Gebäudes das linke Auge hinsichtlich eines gelungenen Operationsverlaufs im 2. Stock untersucht werden. Frohen Mutes kam ich dort an, gab meine Laufmappe ab und wurde nach relativ kurzer Zeit in ein Behandlungszimmer gebeten. Dort wurde zunächst der Augeninnendruck von beiden Augen gemessen, so weit so gut, obwohl ich die Prüfung des rechten Auges nicht verstand. Aber ich hielt mich mit Fragen zurück. Anschließend sollte das Sehvermögen des rechten Auges, das, welches im 3.Stock nur kurze Zeit später operiert werden sollte, getestet werden. Ich fragte nach dem

Sinn dieser Übung, denn ich war ja da, um mein linkes Auge untersuchen zu lassen. Die Antwort der Arzthelferin war ganz einfach: „Das machen wir immer so!" Ich versuchte zu erklären, warum diese Untersuchung für mich keinen Sinn ergäbe, Antwort dieselbe. Also gut oder besser schlecht, eingedenk dessen, dass ja im 3. Stock auf mich gewartet wurde, spielte ich noch ein bisschen mit.

Zu bunt wurde es mir aber als ich die Brille aufsetzen sollte und mit dem korrigierten linken Auge, wir erinnern uns, Kunstlinse mit Korrektur ist drin, Brille korrigiert zusätzlich, beim besten Willen nichts erkennen konnte. Darauf kam die Ansage, dass sie in die Patientenakte hineinschreibe würde, dass die Patientin nicht mitarbeitet. Mitgeteilt, dass das so nicht stimme, die Tests aber in meinem Fall völlig sinnfrei seien, und sie mir den Sinn ja auch bisher nicht erläutert habe. „Das machen wir immer so!" Meine Antwort: „Nein, das stimmt nicht, gestern vor der Operation des linken Auges wurde das nicht gemacht" „Ich arbeite seit drei Jahren hier, das machen wir immer so." Halleluja, wer von uns beiden war jetzt die Uneinsichtige? Und nein, der Disput war nicht lustig. Ich wurde im 3. Stock erwartet, ein Arzt sollte die gestrige OP kontrollieren und nichts, aber auch gar nichts war bisher in dieser Richtung geschehen. Ich wurde wieder ins Wartezimmer gesetzt und konnte dann mitanhören, wie über mich hergezogen wurde. Das mündige Patienten aber auch immer solch einen Ärger machen müssen!

20 Minuten später, wir erinnern uns, ich wurde im 3. Stock erwartet, durfte ich bei einer Kollegin, keinem Arzt, erneut einen Sehtest ablegen, für links und rechts, ja, tatsächlich schon wieder. Links würde ich mit der Linse ganz gut sehen, okay, mit der Information kann ich was anfangen. Auf zum Sehtest rechts. Ich fragte auch hier nach dem Sinn schließlich wartete ja das Operationsteam auf mich, jedes Ergebnis wäre in wenigen Minuten Schall und Rauch. Auch hier die klare Ansage: „Das machen wir immer so!" „Nein machen Sie nicht, ich wurde hier gestern ohne Sehtest operiert." „Das machen wir immer so!" Habe ich schon Alzheimer? Nein, natürlich nicht, aber langsam fing ich an, es zu glauben. Die Arzthelferin las dann in meiner Patientenakte und teilte mir mit, ja, das linke Auge sei gestern tatsächlich nicht untersucht worden, sondern bereits am 14.06.2021. Sagte ich ja. Aber das rechte müssen wir untersuchen und prüfen. Hilfe, wo bin ich hier? „Das rechte Auge wurde am selben Tag untersucht, bitte schauen Sie noch einmal nach." „Das machen wir immer so, wenn zwischen Untersuchung und Operation so viel Zeit vergangen ist. Sie müssen noch auf den Arzt warten, der Augenhintergrund muss noch kontrolliert werden."

„Warum, das rechte Auge wird doch gleich operiert?!!" „Das machen wir immer so bei grauem Star." Schweigen, lesen in der Krankenakte. „Ach, Sie haben ja gar keinen, ihre Augen sind gesund". Und damit war ich nach gut 40 Minuten entlassen, mein Blutdruck inzwischen in ungeahnten Höhen, meine Sehfähigkeit rechts mehrfach geprüft, nur mein linkes Auge, worum es eigentlich ging, hatte sich kein Arzt angeschaut. Das machen wir immer so! Alles klar!

Im 3. Stock wurde ich schon fast händeringend erwartet, kein Wunder, anscheinend geht so eine Nachkontrolle im Normalfall recht fix. Normalfall bedeutet wahrscheinlich: Patient hält den Mund, egal was mit ihm oder ihr angestellt wird.

An der Tür des Operationssaales wurde ich in Empfang genommen, wies aber gleich darauf hin, dass ich heute noch keine Operationsvorbereitungen mitgemacht hätte, ich habe ja noch nicht einmal eine frische Maske erhalten... Das würde nichts machen, wurde mir gesagt. Ich wurde zur Liege geführt, machte es mir bequem soweit es eben ging, wies die Schwester darauf hin, dass ich einen Zugang auf der rechten Handoberseite verweigern würde wegen des Blutergusses, bekam zur Antwort: „Das würden wir nie machen!"

Nach meinen Erlebnissen im 2. Stock war ich mir da inzwischen gar nicht mehr sicher.

Blutdruckmanschette wurde angelegt, die Elektroden für die Kontrolle der Vitalfunktionen waren gerade alle aufgeklebt, als die Schwester auf das Bett zugestürzt/gestürmt kam: "Sie waren heute noch nicht bei der Anästhesistin!" „Stimmt, hatte ich ihnen aber gesagt. Aber ich hatte doch gestern für heute unterschrieben, dass eine wiederholte Anästhesie erlaubt sei." Nein, darum ginge es nicht, der Blutdruck müsse gemessen werden. Jetzt wurde ich auch lauter.

Die Szene: Patientin liegt auf den „OP-Tisch", ist an ein Blutdruckmessgerät angeschlossen, die Elektroden kleben, aber der Patientin werden umgehend und in Windeseile alle wieder entfernt.

Ich war gerade beim Aufstehen als das Glück mir endlich hold war: Heute hatte der Narkosearzt, mit dem ich gestern rumgeflachst hatte, Dienst im Saal. Er bestimmte, dass ich liegen bleiben könne, den Blutdruck könne er auch hier messen.

Dem Himmel sei Dank, ein Mann mit Verstand und Kompetenz. Blutdruck war hoch, kein Wunder bei den Erlebnissen der letzten Stunde, aber für die OP noch okay. Tropfanästhesie im rechten Auge, dann lange nichts mehr, gefühlt zumindest, und dann, wusch, das Desinfektionsmittel ins rechte Auge. Die Betäubung hatte tatsächlich schon nachgelassen und ich konnte einen Schmerzensschrei nicht ganz unterdrücken. Ich erinnere mich noch, gesagt zu haben, dass ein Schmerzmittel reichen würde, keine Erhöhung der Sedierung. Ich sah während der, dieses Mal tatsächlich völlig schmerzfreien, OP wieder bunte Farben etc., aber ein Kratzen und Schaben konnte ich nicht fühlen. Dafür war ich hinterher so wackelig auf den Beinen, dass ich gestützt werden musste. Hatte mit dem „kein Beruhigungsmittel mehr" definitiv nicht geklappt.

So, und da stehe ich nun nach dem Duschen, Abtrocknen, Eincremen und den Augentropfen vor dem Spiegel und was sehe ich? Ich sehe mich selbst, mein Spiegelbild, so, wie ich mich seit Jahrzehnten nicht mehr gesehen habe. Das ich besser sehen kann, war mir schon beim Duschen aufgefallen. Das Gesicht im Spiegel ist mir vertraut und fremd zugleich. Sprich, aus meiner Sicht, sind die Operationen, das Einsetzen der Linsen gut verlaufen. Im Laufe des Tages werde ich feststellen, dass das Sehen jetzt anders funktioniert: Ich sehe Dinge ohne Brille, die ich teilweise vorher nicht einmal erahnen konnte. Andere Dinge wie einen Faden in ein Nadelöhr einfädeln, gehen dagegen nicht mehr, auch nicht mit Übergangsbrille. Tja, meine Übergangsbrille, wie leicht die ist, unglaublich. Stecke ich diese in eine Jackentasche, bleibt die Jacke trotzdem im

Gleichgewicht, früher, vor der OP, war das deutlich anders. Nur sehen, hm, da ergänzen sich die Linsen und die Gläser kaum. Aber was soll's, maximal sechs Wochen und dann geht es los, das neue Leben! Drei Tage später werde ich feststellen, dass der weiße Scheitel im Spiegel keine Fata Morgana ist, das graue Schimmern im doch erst vor drei Wochen gefärbten Haar nicht mit einer schlechten Beleuchtung im Bad zusammenhängt, sondern eindeutig mit der Augenoperation, ich vermute mit dem Stress am zweiten OP-Tag. Nichts gegen grau, hatte ich auch vorher schon, mehr als eine Strähne, aber doch nicht aufgrund so einer Lappalie! Von dieser Nebenwirkung hatte ich nichts, aber auch gar nichts im Aufklärungsgespräch gehört oder in den ausgehändigten Dokumenten gelesen. Zu spät, jetzt bin ich nicht nur alt, sondern dazu auch weis(s)e!

## Privatpatientin - Lizenz zum Abzocken?

Ich bin Beamtin und somit Privatpatientin, das sieht das System so vor, erst seit Kurzem gibt es in einigen Bundesländern Öffnungsklauseln. Privatpatientin sein ist Segen und Fluch zugleich. Abgesehen von der Neiddebatte, ich glaube jede/r Privatpatient/in kennt diese in Diskussionen mit Kassenpatienten, korrekter: Gesetzlich Versicherten, macht es im normalen Leben beim Arzt wenig Unterschied. Okay, hier in Bayern bekomme ich tatsächlich früher einen Termin, sobald der Hinweis „Privatpatientin" fällt, in Norddeutschland war das zu meiner Zeit noch anders.

Ich bekomme meine Rechnungen direkt und muss bezahlen, innerhalb eines Monats, meistens ist die Frist so bemessen. Unabhängig davon, ob Krankenkasse und Beihilfe schon ihren Teil bezahlt haben. Manchmal wird es dann knapp, aber für mich gilt: Erbrachte Leistung ist unabhängig von eventueller Erstattung zu begleichen.

Die Rechnungen, ja, oft sind die ein Brief mit sieben Siegeln, obwohl ich mir im Laufe der Zeit durchaus einige Kompetenz angeeignet habe und nicht immer alles bezahle, was dort steht. Vertrauen ist gut, Kontrolle besser, auch bei Ärzten. Nur weil ich fast alles bezahlt bekomme, ist ein Abnicken meines Erachtens bei falsch ausgestellten Rechnungen, und immer sind sie dann eher zu hoch, statt zu niedrig, nicht der richtige Weg. Dann ist der Dialog mit der Abrechnungsstelle zu suchen, ja, macht Arbeit und kostet auch Adrenalin, aber das bin ich tatsächlich mir und den anderen Mitgliedern meiner Krankenkasse schuldig. Denn durch erhöhte Kosten, zahlen wir als Solidargemeinschaft bei der nächsten Beitragserhöhung alle die unrichtigen Rechnungen mit! Ansichtssache, ich weiß.

So, genug Vorgeplänkel. Im Zuge meines geplanten Linsentausches bekam ich vom MVZ in Fürth einen Kostenvoranschlag. Diesen reichte ich sowohl bei der Beihilfestelle, als auch bei meiner Krankenkasse ein, mit der Bitte um Prüfung und Genehmigung bzw. Kostenübernahme. Als erstes ging die Antwort der Beihilfestelle bei mir ein. Diese hatte einen externen Sachverständigen eingeschaltet, der diverse Positionen bemängelte. Diese Kritik nahm ich zum Anlass und wandte mich an das MVZ mit der Bitte um Prüfung des Kostenvoranschlags aufgrund des beigefügten Gutachtens. Zurück kam ein lapidares Schreiben mit dem Hinweis, dass es natürlich möglich ist, dass meine Kasse nicht alle Leistungen erstattet. Das Gutachten der Krankenkasse fiel noch vernichtender aus als das der Beihilfestelle, wieder wandte ich mich an die Klinik, das Gutachten wurde als Kopie beigefügt. In der Antwort wurde eine Auseinandersetzung mit den Gutachten wiederum abgelehnt. Kernpunkt der Kritik beider Gutachten sind, bei meinem Krankheitsbild, nicht indizierte Verfahren und diverse Doppelabrechnungen von Leistungen mit ähnlichen Gebührenkennziffern. Am Ende geht es bei einer Summe im Kostenvoranschlag von 5.150,00 € um immerhin 1.100,00 € zu viel, also nicht gerade wenig.

Also gut, ich hatte im Vorfeld der Operation versucht, die Sachlage zu klären, wo die Gegenseite keinen Klärungsbedarf sah, hm. Wollte ich mich noch woanders vorstellen, wie einer der Gutachter vorschlug? Nein, diese Klinik wurde mir mehrfach empfohlen der operierende Arzt sollte ein Meister des Skalpells sein, also vertagte ich die Auseinandersetzung bis nach der OP. 1.100,00 € zu viel bei 5.150,00 €, da langt aber jemand kräftig hin.

Die Operation erfolgte, die Rechnung kam und lautet auf ca. 4.800,00 €, also tatsächlich 300,00 € weniger als im Kostenvoranschlag. Eine Prüfung meinerseits ergab, dass dies daran lag, dass die Nachsorge nicht in der Klinik durchgeführt wurde...

Ich zahlte umgehend 3.000,00 € an, denn ich bin ja zahlungswillig und -fähig, jedenfalls bei unstrittigen Beträgen. Gleichzeitig schickte ich eine E-Mail mit detaillierten Anmerkungen und Fragen zu den einzelnen Abrechungsziffern an das Klinikum, angelehnt an die beiden mir vorliegenden Stellungnahmen der Sachverständigen.

Drei Wochen lang hörte ich nichts, gestern Abend kurz nach 18.00 Uhr klingelte das Telefon und eine Dame vom MVZ war am Apparat. Sie wollte mit mir über die Rechnung sprechen. Klar, warum nicht, aber auf Einzelheiten eingehen kann ich nicht unbedingt, ich habe mein Schreiben nicht vorliegen, ich bin nicht vorbereitet. „Das macht nichts," hörte ich. Gut, dann mal los.

Sie erklärte mir zunächst, dass viele der benutzten Kennziffern natürlich aus dem Operationsbereich „Grauer Star" kämen, denn diese Operation sei ja mit meiner nahezu identisch. Ja, aber ich war nicht an grauem Star erkrankt, also können sie das nicht abrechnen. „Das machen wir immer so." Diesen Satz habe ich tatsächlich seit dem 2. OP-Tag in der Fürther Klinik gefressen. Die Rechnung sei doch schon 300 € günstiger als der Kostenvoranschlag. Ja, aber nur, weil ja nicht alle Leistungen im Rahmen der

Nachsorge durchgeführt wurden. Hm. Sie verstehe meine Argumente nicht. Die Krankenkasse würde doch einen Teil zahlen, obwohl sie beim Beratungsgespräch zu mir gesagt habe, dass die Kasse nichts zahlen würde. Das müsse mich doch freuen. Ja, aber darum geht es doch nicht! Und es sei doch aus meiner Sicht gar kein Problem, mir das Ultraschallbild als Nachweis für die tatsächliche Durchführung zuzusenden oder anhand der Patientenakte mir den Namen des assistierenden Arztes zu nennen (die Sachverständigen waren der Ansicht, dass diese Operationen immer ohne Assistenz durchgeführt werden). Sie wirkte nicht überzeugt.

Dann versuchte ich, anhand eines Beispiels aus den Gutachten meine Sicht der Dinge klarzumachen: Sie rechnen mit der Ziffer x einen speziellen Schnitt ab, um die Linse zu platzieren. Aber ich habe doch eine sehr teure Speziallinse eingesetzt bekommen, da ist der spezielle Schnitt unnötig. Dazu können sie nichts sagen, sie sei nicht in der Buchhaltung tätig, mit der tatsächlichen Abrechnung kenne sie sich nicht aus! Hä??! Sie ruft mich an, will mit mir über die Rechnung sprechen und kennt sich nicht damit aus? Was soll das denn? Sie sei im medizinischen Bereich tätig! Aber sie sei sich sicher, dass alle abgerechneten Posten auch tatsächlich so durchgeführt worden seien. Kein Problem, das ist ja bestimmt in meiner Patientenakte dokumentiert. Schicken sie mir die Unterlagen, ich prüfe sie ggf. nach Rücksprache mit den Sachverständigen und zahle den Restbetrag! Themenwechsel: Ob ich mit dem Ergebnis der Operation zufrieden sei? Oh ja, sehr. „Warum fragen Sie?" „Sie waren nicht zur Nachsorge hier." Meine Augenärztin ist begeistert vom Ergebnis. „Aber ob ich es in ihrer Klinik noch einmal machen würde, ich glaube nicht. Dafür lief am 2. Tag zu viel schief, auch wenn es eine gute Geschichte für meinen Blog abgab." Keine Rückfrage diesbezüglich, vom Qualitätsmanagement war die Frau also offensichtlich auch nicht.

Nach 15 Minuten sah sie ein, dass ich den Restbetrag tatsächlich erst zahlen würde, wenn mir die angeforderten Unterlagen, einschließlich ausführlicher Stellungnahmen, vorliegen würden. Denn wie sie an der umgehenden Abschlagzahlung sehen könne, sei ich ja zahlungswillig, aber nur für Leistungen, die auch tatsächlich medizinisch indiziert waren und durchgeführt wurden.

Ich harre der Dinge, die da kommen. Ich bin total gespannt. Eine kleinere Teilzahlung werde ich noch zum 15.11.2021 leisten, denn ich habe tatsächlich wohl zu viel einbehalten. Ich habe aber auch deutlich gemacht, dass ich bereit bin, mich um jede Leistungsziffer zu streiten. Denn ich hatte bei meinen

Beanstandungen eh nur die aufgeführt, die von beiden Sachverständigen moniert wurden. 0,9 zu 0,9. Jede von beiden hatte daneben noch individuelle Punkte.

Kleiner Ausflug in die Rechtsgeschichte: Ich telefonierte heute, zwei Tage später, aus anderem Grund mit meinem Anwalt. Er sagt aus rechtlicher Sicht sei da wenig zu machen. Ich bekam einen Kostenvoranschlag mit dem Betrag X und den Leistungen Y. Mit dem Erscheinen zur OP habe ich diesem konkludent zu gestimmt. Huch. Das wusste ich nicht, jetzt bin ich schlauer. Das heißt übersetzt: Egal wie die Leistungen abgerechnet werden, ob ein deutlich überhöhter Steigerungssatz angesetzt wurde (also 3,5 statt 2,3) oder nicht, ob die Leistungen mit der „richtigen" Gebührenziffer abgerechnet werden oder nicht, egal. Die Sache ist durch, denn das hätte ich vorher explizit klären müssen. Mist. Woher sollte ich das wissen? Aber Dummheit schützt bekanntlich vor Strafe nicht.

Anders ist es natürlich, wenn Leistungen abgerechnet, aber nicht erbracht wurden. Also sollte sich zum Beispiel herausstellen, dass es bei den Eingriffen keine Assistenz gab, brauche ich die dafür geltend gemachten Kosten auch nicht bezahlen. Mir fällt dazu spontan ein „Geldverdienen leicht gemacht!", denn welcher Patient/welche Patientin weiß das schon?

Blöd gelaufen die Sache, hätte ich mal vorher mit dem Anwalt meines Vertrauens gesprochen, aber jetzt weiß ich wenigstens, dass ich mich nicht zu sehr reinhängen brauche, denn das Ergebnis ist vorhersehbar. Immerhin für knapp 1.000,00 € wieder etwas gelernt!

# Teildienstfähig – wie krank ist das denn?

Gute Frage, nächste Frage. So einfach ist eine Antwort nämlich nicht und natürlich von Person zu Person unterschiedlich. So weit, so klar. Teildienstfähigkeit liegt irgendwo zwischen den Gegenpolen „dienstunfähig" (nichts geht mehr) und „voll dienstfähig" (also bereit für den täglichen Wahnsinn, wie auch immer dieser aussehen mag). Teildienstfähigkeit ist nicht dasselbe wie Teilzeit arbeitend, auch wenn dies von außen so wahrgenommen werden könnte. Teilzeit hat viele Freiheiten, gibt es in unzähligen Variationen, jedenfalls wenn grundsätzlich die Bedingungen erfüllt werden, die Voraussetzung für die Gewährung der Teilzeit sind. Bei der Teildienstfähigkeit ist das Reglement deutlich strenger, denn es muss dem Betreffenden unmöglich sein aufgrund einer Erkrankung den regulären Dienst, die reguläre Wochenarbeitszeit abzuleisten ohne wiederholt für längere Zeiten auszufallen. Das festzustellen ist Sache des Amtsarztes. Dazu bedarf es der Mitarbeit des oder

der Betroffenen und es ist, wie ich aus eigener Anschauung weiß, deutlich mehr als einfach nur beim Amtsarzt „Hallo!" zu sagen. Es geht darum, wie viele Stunden tatsächlich täglich gearbeitet werden können, natürlich um die Grunderkrankung selbst und deren Behandlung durch Haus- und Fachärzte, es ist je nach Amtsarzt ein Seelenstriptease, unangenehm auf jeden Fall und in der Vorbereitungsphase auch nervenaufreibend. Aber dafür bekomme ich dann auch etwas, nämlich einen Gehaltsausgleich und unter bestimmten Bedingungen einen Zuschlag zu den anrechenbaren Pensionszeiten und ggf. klare Regeln, wie viele Stunden ich täglich zu arbeiten habe und in welchem Zeitkorridor.

Also viele Vorteile? Ja, wenn ich meinen Text so lese, dann schon. Aber, und es ist ein ganz großes ABER: Um die Teildienstfähigkeit zu erlangen, musste ich mir und zumindest dem Arzt/der Ärztin gegenüber eingestehen, dass ich krank bin. Ich bin einfach nicht mehr voll arbeitsfähig und nur noch eingeschränkt belastbar. So musste ich für mich selbst herausfinden, was noch geht und was nicht. Wann „zu viel" zu viel ist. Und das ist nicht so einfach, denn nicht jeder Tag ist gleich und meine Tagesform, seelisch und körperlich, auch nicht. Anfangs half es mir unendlich, jeden Tag nur eine bestimmte Stundenzahl arbeiten zu dürfen, auch wenn ich ab und zu den Eindruck hatte ein bisschen geht noch. Ging auch manches Mal, aber nicht immer, wie ich zu Hause auf der Couch feststellte. Was ich erst als starres Korsett empfand, ist inzwischen eine wohlwollende Stütze, aber das ist auch kein Wunder, denn das Korsett gab durch Gebrauch hier und da ein bisschen nach, die Bänder lockerten sich, passten sich mir an.

Aber, und da ist es wieder, dieses „ABER": Nach jetziger Erkenntnis werde ich nie mehr ohne dieses Korsett auskommen. Das heißt, die Antwort auf die obige Frage für mich persönlich ist: Ich bin mit mehreren chronischen Krankheiten und einem Hang zu depressiven Episoden so krank, dass keine vollständige Genesung möglich ist, ich nie mehr werde Vollzeit arbeiten können. Als mir das klar wurde, musste ich mehr als einmal schlucken. „Nie mehr" klingt unwiderruflich!

Dieses Endgültige macht etwas mit mir und zwar nicht unbedingt etwas Positives. Ich bin allerdings in der glücklichen Lage, dass mir dann sofort meine Freunde, männlich wie weiblich, so wie meine Kollegen und Kolleginnen, einschließlich Chefin, zur Hilfe kommen, mit Trost, Aufmunterung, guten Worten, Wegbegleitung, mit genau dosierter Intensität. In diesen Momenten, die durchaus Tage dauern können, bin ich froh, dass ich mich nie versteckte und mein „Leid", meine Krankheiten, meine Befindlichkeiten, was auch immer ich habe und mich umtreibt, nicht für mich behalte. Dass ich den Mut aufbrachte, über meine depressiven Episoden zu sprechen, obwohl diese Krankheit, weil sie nicht sichtbar ist, oft mit Unverständnis der Mitmenschen einhergeht, unter dem Verdacht des Simulierens steht, stigmatisierend wirken kann. Dabei bin ich kein Einzelfall, ganz im Gegenteil. Prominente wie Miley Cyrus oder Sarah Connor zeigen, dass Depressionen jeden treffen können. Depressionen haben es inzwischen unter die Top Five der Volkskrankheiten geschafft!

Ich bin „Viele", also absolut kein Grund für Scham und Schweigen!

## Im Namen des Volkes?

Alle Gewalt geht vom Volke aus, so steht es im Artikel 20 (2) Satz 1 des Grundgesetzes. Deshalb sind bei uns Gerichtsverfahren auch öffentlich, nein, natürlich nicht alle. Die Öffentlichkeit soll der Kontrolle der Judikative dienen und das Vertrauen der Bürger/- innen in unseren Rechtsstaat stärken. Die öffentlichen Gerichtsverfahren haben eine lange Tradition in Europa, sei es die Rechtsprechung auf dem Forum bei den Römern oder das Thing bei den Germanen. Wer mehr dazu wissen will, googelt bei Wikipedia oder schaut in alte Geschichtsbücher.

Ob Öffentlichkeit in all diesen Fällen die Teilnahme von Männern und Frauen bedeutete? Nicht gegoogelt, aber spontan würde ich da mein Haupt schütteln.

Soweit das Vorgeplänkel, jetzt wird es ernster. Meine Freundin arbeitet bei einer großen Bundesbehörde und sah sich gezwungen, in ihrer Funktion als Gleichstellungsbeauftragte ihren Arbeitgeber zu verklagen. Streitpunkt ist für diese Geschichte nicht relevant. Sie bekam eine Ladung zum Verwaltungsgericht in Ansbach und ich sagte, als ich davon hörte ganz spontan: „Da komme ich mit!" Als seelischer Beistand, als Freundin, aber tatsächlich auch als Publikum/Öffentlichkeit, weil mich das Thema, um welches es ging, interessierte. Einlass um 12.10 Uhr am Tag der Verhandlung, ab durch die Sicherheitskontrolle. Handgepäck wurde durchsucht, mein mitgeführter Koffer nicht. Frage: „Da ist nur Ihre Wäsche drin?" Bejaht und gut war es. Während meine Freundin und ihre Stellvertreterinnen, ebenfalls eine nach der anderen die Sicherheitskontrolle passierten, Dienstausweise sorgten für ein beschleunigtes Verfahren, schaute ich mir den Aushang vor dem betreffenden Sitzungssaal an. Und was las ich da zu meinem Erstaunen? „Nicht öffentlich" Huch, und dafür war ich jetzt extra angereist? Ich fragte bei meiner Freundin nach, sie war genauso überrascht wie ich. Sie befragte wiederum ihre Vorladung, da stand nichts mit „Ausschluss der Öffentlichkeit". Was tun? Einfach so wieder gehen? Nicht mein Ding. Auch wenn mir schon klar war, dass ich nicht als Zuschauerin teilnehmen konnte, wollte ich zumindest wissen, warum nicht. Dass die Öffentlichkeit in bestimmten Fällen von einer Verhandlung ausgeschlossen werden kann, z.B. bei Jugendstrafverfahren, Familiensachen, bei Sachen, die die öffentliche Ordnung bedrohen, wusste ich. Aber hier? Und ohne vorherige Ankündigung? Ohne, dass die Klägerin vom Ausschluss Kenntnis bekam? Wenn ich den Grund nicht kenne, kann ich als Öffentlichkeit ja auch nicht kontrollieren, ob der angegebene Grund überhaupt zum Ausschluss der Öffentlichkeit berechtigt und nicht bloße Willkür ist. Also machte ich mich auf den Weg, um jemanden zu suchen, der mir Auskunft geben konnte. Bei der Pforte, gegenüber von der Sicherheitskontrolle, geklingelt, per Lautsprecheranlage mein Begehren erläutert, als Antwort nur offensichtliche Spekulationen bekommen. Das reichte mir nicht, weiter insistiert. Warum ist die Öffentlichkeit ausgeschlossen? Dann wurde jemand geholt, eine Dame erschien, sie stellte sich nicht vor oder ich hatte es überhört, denn die Kommunikation gestaltete sich sehr schwierig. Anstatt die Lautsprecheranlage zu benutzen, sprach sie mit mir durch ein dickes Glasfenster, und das in Zeiten von Corona, also zusätzlich mit Maske. Hatten wir natürlich beide auf, was die Kommunikation nicht einfacher machte. Ich erklärte mein Anliegen nochmals und bekam zur Antwort, der Ausschluss der Öffentlichkeit läge im Interesse der Klägerin. „Aber die Klägerin hat mich eingeladen, sie möchte Öffentlichkeit." Pause. Neuer

Ansatz der Gegenseite: „Das steht in der Ladung drin." „Ich habe die Ladung hier auf dem Smartphone, bitte, wo steht das?" Schließlich hatten weder meine Freundin noch ich Jura studiert, vielleicht stand es ja tatsächlich irgendwo? Weiß frau das so genau? Pause. Ich solle da warten, sie würde noch einmal nachfragen. Also wartete ich und wartete und wartete, 10 Minuten und mehr, dann kann die Beamtin/Angestellte wieder und erklärte mir noch einmal, dass ich nicht an der Verhandlung teilnehmen könne. Klar, hatte ich schon beim ersten Mal, nein, schon beim Lesen des Aushangs verstanden. Darum ging es mir aber nicht. Ich wollte den Grund wissen, eine Begründung hören, die nicht willkürlich und einfach nur so dahingesagt war. Da wir immer noch durch die Glasscheibe kommunizierten und durch den zusätzlichen Lärm vorbeigehender Personen, musste ich mehrmals darum bitten, dass eine und andere zu wiederholen, weil ich es einfach akustisch nicht verstehen konnte. Im Grunde war die Situation absurd, fast lächerlich, aber warum sollte ich nachgeben? Ich wollte nur eine plausible Erklärung, nicht mehr! Am Ende riss meinem Gegenüber der Geduldsfaden und sie sagte „Sie kommen da heute nicht rein!" Antwort: „Stimmt nicht, ich war schon drinnen", gemeint war der Wartebereich, "...und wenn ich nicht noch einmal rein darf, dann müssen mir meine Sachen heraus gebracht werden." „Werden Sie nicht unverschämt." „Bin ich nicht, ich stelle nur die Tatsache fest, dass sich meine Sachen drinnen befinden und wenn ich nicht mehr hineinkomme, dann müssen mir meine Sachen zwangsläufig gebracht werden!" Darauf entfernte sie sich, griff zu einem Telefonhörer und ich sah, wie die Polizistin von der Sicherheitskontrolle ihrerseits einen Telefonhörer in die Hand nahm, zu mir rüber sah und gestikulierte. Ich wurde dann aufgefordert unter „Polizeischutz" meine Sachen aus dem Wartesaal zu holen. Die Polizistin war sehr freundlich, „erlaubte" mir sogar noch ein paar Worte mit meiner Freundin zu wechseln und dann wurde ich von ihr bis zur Haustür begleitet und des Gebäudes verwiesen.

Ich war bass erstaunt, wusste in dem Moment auch nicht wirklich, wie mir geschah. Was hatte ich getan, um so behandelt zu werden? Ich hatte lediglich um Auskunft gebeten. Ich hatte niemanden verbal bedroht, ich bin selbst „Landesdienerin", war weder betrunken oder unangemessen bekleidet, ich hatte kein Bedrohungsszenario aufgebaut, ich war einfach nur beharrlich gewesen und hatte mich mit absurden Antworten nicht zufriedengegeben. Und das reicht schon aus, damit mir Hausverbot erteilt wird? Ich wollte die Situation nicht eskalieren lassen, aber war die Frau, mit der ich sprach, überhaupt berechtigt gewesen mir Hausverbot zu erteilen? Schließlich kann das in meiner Behörde nur die Amtsleitung, Schulterzucken.

Und da stand ich nun mit meinem Gepäck vor der Tür im Regen. Auf ins nächste Café und gewartet. Gegrollt. Im Namen des Volkes? Wie denn, wenn kein Volk da ist? Natürlich die Situation, die zum Hinausbegleiten führte, analysiert, aber ich bin mir auch mit dem Abstand einiger Tage, keiner Schuld bewusst geworden. Klar, mein hartnäckiges Nachfragen war der Gegenseite unbequem, aber reicht das aus? Anscheinend schon.

Aber auch das schlimmste Grollen vergeht irgendwann, wenn die Wartezeit lang und länger wird. Am Ende wartete ich vier Stunden, hatte mich zwischendurch sogar noch einmal ins Gericht getraut und bei der netten Polizistin nach dem Sachstand gefragt. „Sie tagen noch", war die Antwort. Kurz nach 17.00 Uhr nahm ich dann eine total erschöpfte und frustrierte Freundin in Empfang. In diesem Moment wusste ich wieder, warum ich vor allen Dingen dort war: aus Freundschaft! Und der Rest ist nur noch eine Geschichte…

# Hauskauf?!

Mein Sohn möchte sich ein Haus kaufen, was ich per se auch sinnvoll finde. Und sei es nur um dort meine restlichen Sachen zu lagern, die bei meinem Umzug übrig geblieben sind (siehe Erzählung: Hausverkauf). Häuserkaufen ist in diesen Zeiten nicht so einfach, schon gar nicht, wenn ich mir die Liste der Mindestanforderungen ansehe. Mindestens eine Garage oder Stellfläche und im Haus müssen die Türen Standardmaß haben und nicht nur 185 cm hoch sein. Finanzierbar sollte die Hütte natürlich auch sein, aber das kriegen wir hin, nicht alles von meinem Geld soll beim Vermieter meiner Wohnung landen. Nach langer Suche   wurde ein passendes Haus in Münchberg gefunden, mein Kind besichtigte es und war   ganz   begeistert.   Also   zweiten Besichtigungstermin vereinbart, diesmal mit mir, in meiner Funktion als Mutter und Geldgeberin. Als ich mit meinem Vater über die Besichtigung sprach, er war in der Baubranche tätig gewesen, und er anfing erste Fragen zu stellen wie: Wie ist das Dach eingedeckt?, Was für ein Tank steht im Keller?, Was für Fenster sind verbaut?, wurde mir sehr schnell klar, dass weder mein Kind noch ich die notwendige Ahnung mitbrachten, um das Haus auf „Herz und Nieren" zu prüfen. Was also tun? Die Lösung war und ist relativ einfach, ein Sachverständiger muss sich das Haus anschauen! Was kosten die? Wie viele gibt es wo? Haben die überhaupt Zeit? Auf diese Fragen hatte Google zwar keine Antworten, aber immerhin Namen und Telefonnummern.

Ich rief die erste angezeigte Nummer an. 1.500,00 € wollte er haben, alles schriftlich dokumentiert, um Missverständnisse auszuschließen. Und ob er Zeit hätte? Das könne er mir noch nicht sagen.

Der zweite Sachverständige wollte nur 720,00 €, dafür bekäme ich aber alle Ergebnisse der Prüfung nur mündlich mitgeteilt, mitschreiben müsse ich also selbst. Die Besichtigung von ca. zwei Stunden Dauer und die Nachbesprechung wären im Preis enthalten. Okay, den nehme ich. Einfach mal probieren, schauen wie es läuft, zum Üben reicht die günstige Variante allemal. Ein Termin war schnell gefunden, auch mit der Maklerin.

Und dann war der große Tag da. Ich war schon relativ früh vor Ort und sah mich um. Sehr gute Lage, direkt im Zentrum, Bäcker, Imbiss, Metzger, alles keine 150 m entfernt, Tankstelle nebenan, aber das wusste ich schon vorher.

Kind und Sachverständiger fingen mit der Inspektion der Garagen an, während ich mir in Ruhe mit der Maklerin das Haus anschaute. Alles sehr gepflegt, es schien fast sofort bezugsfertig. Hatte ich wirklich einen Sachverständigen gebraucht? Ich war unsicher, aber jetzt war es ja eh zu spät... Die Besichtigung des Hauses durch den Sachverständigen fing im Keller an. Ja, Feuchtigkeit hier und dort hätte ich auch selbst erkannt, genauso wie die Salzausblühungen. Aber ist ja der Keller, Baujahr 1960, okay, immerhin kein offensichtlicher Schimmel, anscheinend gut durchlüftet. Im Erdgeschoß fing es dann doch schon an interessant zu werden, denn nahezu alle Wände wiesen eine Feuchtigkeit im mittleren Bereich, also um die 60 -70%, innen auf. Auch noch in zwei Meter Höhe. Kein offensichtlicher Schimmel, aber feucht ist feucht. Im ersten Stock nahezu dasselbe Bild und ja, selbst im zweiten Stock waren die Wände noch feucht. Dass das Dach nicht so doll gedämmt war, fiel dann nur noch wenig ins Gewicht.

Wir verabschiedeten uns von der Maklerin und im Grunde auch schon vom Hauskauf, auch wenn wir es damals noch nicht wussten. Es war, entgegen der Beschreibung im Exposé, eben nicht nur die Elektrik zu erneuern.

Bei der Nachbesprechung zeigte der Sachverständige dann auf, dass als erstes Vertikal- und Horizontalsperren gesetzt werden müssten, knapp 50.000,00 € geschätzt. Hinzu käme dann die Erneuerung der Elektrik, aber aufgrund der Feuchtigkeit in den Wänden würde es wohl kaum reichen nur FI-Schalter einzubauen. Also Schlitze schlagen, Leitungen komplett neu verlegen. Dann noch die Folgekosten für Maler und Verputzer. Ach ja, und die Garagen, unser zweitwichtigstes Kriterium, seien abzureißen, weil zu feucht.

Der Sachverständige erzählte noch mehr, aber zu diesem Zeitpunkt war ich schon geistig ausgestiegen. Ein realistischer Preis, seiner Meinung nach, wäre 120.000,00 € statt der veranschlagten 220.000,00 €. Eine Schätzung des Ertragswerts bestätigte diesen Wert. So, und jetzt? Er bedauerte tatsächlich uns nichts anderes sagen zu können, aber seine Warnung, von diesem Objekt die Finger zu lassen, war deutlich und unüberhörbar. Ich hatte ihn für seinen Rat engagiert, es wäre mehr als blöd nicht auf ihn zu hören!

Und das taten wir dann auch und sagten schweren, nein, letztendlich doch leichten Herzens der Maklerin ab. Die Rechnung des Sachverständigen habe ich tatsächlich gerne bezahlt!

Und die Maklerin? Guten Gewissens wird sie das Haus nicht für den ausgelobten Preis verkaufen können. Und diese Einsicht war für sie auch noch kostenlos.

# Ayla datet

## Der Witwentröster

Seit dem Tod meines Mannes bin ich auf der Suche nach Nähe. Auf der Suche nach körperlicher, geistiger, emotionaler Verbundenheit und männlicher Zuneigung. Meine Suche begann kurz nach der Beerdigung. Der Mann war mir völlig fremd, wir stolperten rein zufällig übereinander. Ich spürte, dass da etwas zwischen uns war, etwas Undefinierbares. Der Mann war hartnäckig, er tröstete mich, die Witwe, wochenlang mittels Nachrichten, Emails, Anteilnahme und einem „da sein", wenn er auch in der Realität sehr weit weg war. Nähe trotz Distanz. Ich wurde hungrig nach Leben, nach Liebe. Schließlich trafen wir uns zum Abendessen. Der kleine Tisch im Restaurant brachte erzwungene Nähe, meine Nerven waren zum Zerreißen gespannt. Ich war ungeübt im Flirten und Ausgehen und empfand den Abend als Fiasko! Dennoch riss der Kontakt nicht ab und nach weiteren, tieferen Gesprächen kam dann der Wunsch nach mehr, nach körperlicher Nähe.

Geplante Wunscherfüllung in Berlin, beide weit weg von daheim, das Treffen passte gerade so in den Zeitplan, die Umstände machten es möglich. Aufgeregt wie seit Teenagertagen nicht mehr. 1001 Gedanken im Kopf, Warten auf die Ankunft seines Zuges, so verging mein Vormittag. Die Aufregung stieg immer weiter, sie verstärkte sich praktisch minütlich und dann endlich war er da - und die bislang gefühlte Nähe weg! Er war mir fremd und fern und trotzdem waren wir weiterhin auf der Suche nach der körperlichen Nähe des jeweils anderen...

Wir beide hatten Zeit und Geld in dieses „Abenteuer" gesteckt, also ab in den Fahrstuhl, dem Zimmer entgegen, und ich meinen ganzen Mut zusammennehmend. So körperlich nah war ich schon seit gefühlten Ewigkeiten keinem Mann mehr gewesen, nicht mal meinem eigenen. Ausziehen und ab ins Bett! Die pragmatische Herangehens- und Vorgehensweise, meine Unerfahrenheit, das alles führte zu dem treffenden Satz des Witwentrösters: „Sehr schlechter Sex, war es überhaupt Sex?"

Zur Vermeidung weiterer Enttäuschungen kam ich auf die Idee einen Escort zu buchen. Denn diese Männer wissen, was sie tun! Das Betrachten der Internetseiten ein „verbotenes" Vergnügen. Nicht lange nachgedacht, weil die Fotos der Herren mehr als ein Versprechen gaben. Die Entscheidung für eine „Sahneschnitte" fiel. Warum Blechkuchen, wenn Torte zu haben ist? Das Studium der „Benutzungshinweise" ergab einen Vorgeschmack auf den Einkauf der Ware, buchen konnte ich aber ausdrücklich nur die Dienstleistung „Begleitung" Also keine käufliche körperliche Nähe? Hm, jetzt hatte ich schon so viel Zeit investiert, jetzt wollte ich es wissen. Das volle Begleitprogramm, zwölf Stunden! Den „Newcomer des Monats" traf ich wenige Tage später, vormittags, bei vollem Tageslicht. Eine Augenweide! Gute Entscheidung, kluges Mädchen! Wir hatten interessante Gespräche, viel Spaß zusammen beim Bummeln, Eis essen, spazieren im Park. Mit einem gutaussehenden, jüngeren und eloquenten Mann auszugehen, was sind da schon 1.000 Euro? Meinem Selbstwertgefühl kam jeder Euro zugute, ich wuchs geradezu innerlich. Es knisterte und prickelte, ein herrlicher Tag. Ich passte in sein „Beuteschema"! Aber immer, wenn er näher rückte, rückte ich ab, ganz den im Auftrag geschriebenen Regeln entsprechend. Die ungeschriebenen Regeln kannte ich da noch nicht. Am Ende des Tages wurde mir klar, dass das Knistern echt und das Angebot mich ins Hotelzimmer zu begleiten von Herzen kam. Dies wollte ich nach einem Tag voller unbeschreiblicher Eindrücke jedoch nicht mehr. So wie es war, war es sehr gut! Das war einer dieser Tage, der genau dann aufhören musste, wenn er am Schönsten ist! Kein Bedauern, keine Reue! Satt werden, lediglich vom Anschauen.

Als Nächstes versuchte ich mein Glück bei einem Datingportal. „Feldforschung" nannte ich das Projekt, die Suche nach Nähe in Form von Intimität, Freunden, Spaß, Unterhaltung, Zeitvertreib und dem temporären Verlust der belastenden Einsamkeit im Zeitalter des digitalen Dialogs mit einem unbekannten User. Das Motto Versuch-macht-klug sollte mir eine Menge Erfahrungen der verschiedensten Arten bescheren und Recht behalten. Einen ersten persönlichen Kontakt hatte ich mit einem Mann, der sich in seiner Beschreibung als erfahrener „Lustmolch" ausgab. Aus der Nähe betrachtet und im Verlauf des Abends, stellte sich heraus, dass „Dampfplauderer" eine treffendere Bezeichnung gewesen wäre. Dass er sich offensichtlich Mut antrinken musste, sein Rauchen verschwiegen hatte, das Foto total veraltet war, geschenkt. Das Gefummel an mir, sollte das so sein? Genügsam wie ich war, nahm ich es hin. Gedanken machte ich mir erst, als der Satz fiel: „Scheiß Herztabletten, die lasse ich jetzt weg!" Stille. „Woran ist Dein Mann gestorben?" „Herzinfarkt!" „Ich nehme sie weiter…" Da war für mich der Spaß vorbei, die Suche nach Erfüllung, meine Bereitschaft, etwas über Sex und Männer zu lernen, tendierte gegen Null. Dem Dampfplauderer war das egal, er hatte sich darauf eingestellt meinen Körper bis zum Morgengrauen zu genießen. Mitternacht war zu diesem Zeitpunkt noch weit entfernt, also energisch durchgegriffen und höflich aber bestimmt, den Herrn des Hauses verwiesen. Widerwillig zog er von dannen.

Mit dem Nächsten traf ich mich auswärts. Als er auf mich zu kam war „Wow" meine erste Reaktion. Wir suchten uns in einem Café einen schönen Platz, am Nebentisch ein Mann. Dieser Mann starrte mich an, er wartete, auf was? Gähnende Leere in meinem Hirn, ich wusste ich kannte ihn, aber woher? Und dann „Hallo Ayla". Mein Ex-Schwager! Das erste Todesjahr noch nicht vorbei und ich unterwegs mit einem fremden Mann…

Artig gegrüßt, neuen Platz gesucht, völlig aus der Fassung nahm ich das Angebot meines Begleiters an, woanders hinzugehen. Wir fanden in einem Teehaus ein freies Plätzchen, nein, zwei, eng beisammen. Sitzen, trinken, etwas essen, plaudern, ich noch immer völlig durch den Wind, aber besser. Ich hatte gerade den Mund voll als ich den Satz hörte: "Ich suche eine Langzeitaffäre, ab und zu mal ein Treffen wie dieses, aber ansonsten würde sich alles in der

Horizontalen abspielen!" Ausspucken oder runterschlucken? Runterschlucken dauerte und es überspielte meine Sprach- und Fassungslosigkeit. Es folgte die Ergänzung, dass natürlich ein Probeschlafen notwendig sei. Schnell einen weiteren Bissen! Probeschlafen wollte ich, oh ja, schließlich war ich immer noch auf der Suche nach Erfahrung, gutem Sex, einer gewissen Routine und Zweisamkeit. Außerdem wollte ich diesem Mann auch näher kommen, näher als bisher auf jeden Fall!

So verabredeten wir uns in einem Hotel, nicht wirklich weit von unseren Wohnorten entfernt. Frau lernt dazu, manchmal wenigstens. Wir trafen uns zum Frühstück, allein zu zweit im großen Frühstücksraum, wie in einem Theater ohne Publikum, surreal. Irgendwann waren wir dann auf meinem Zimmer, die Vorstellung ging weiter. Nichts von Leidenschaft und Triebhaftigkeit, eher von Zurückhaltung, distanzierter Nähe. Wärme ja, aber kein Feuer. Mir hätte es gereicht, aber ihm reichte es nicht. Er sprach mit mir. Die Worte hörte ich wohl, einige Sätze brannten sich ein, aber ich verstand sie nicht: „Ich kann das so nicht, ein potenter 20jähriger vielleicht, dem wäre es egal. Such Dir einen potenten 20jährigen. Überwinde Deine Trauer. Wir bleiben in Kontakt. Du bist eine taffe Frau, lass Dir nichts anderes einreden." Als ich wieder reagieren konnte, hätte ich ihn an die Wand klatschen können, aber da war er schon weg! Einzig das "Wir bleiben in Kontakt" hallte noch nach!

Die „Langzeitaffäre mit Probeschlafen" hat Wort gehalten, wir haben weiterhin Kontakt, eine Beziehung, welcher Art auch immer, aber ohne körperliche Nähe. Wir telefonieren und treffen uns gelegentlich, schicken uns täglich Nachrichten, er lässt mich an seinem Leben teilhaben, ist mir vertraut. Vertrauen schafft Nähe. Ein Mann, der mir im Hier und Heute genauso gut tut wie der Witwentröster im Gestern und Damals!

Und sonst? Ich habe mich selbst besser kennengelernt, bin den unterschiedlichsten Männern begegnet, habe Vertrauen geschenkt und selbst welches bekommen, Spaß gehabt, die Einsamkeit gesehen, die viele ins Netz treibt, tolle Typen getroffen und solche, die es vielleicht noch werden. Alle kochen nur mit Wasser, nur bei dem einen oder anderen ist die Wasserqualität besser oder die Temperatur höher.
Bei meiner Suche nach männlicher Nähe, die zu mir passt, fand ich aber auch etwas anderes, etwas sehr Wertvolles: Die Nähe meiner Freundinnen, deren Zuneigung und Vertrauen mein Herz wärmen, deren

Umarmungen trösten und deren Freundschaft mich leichter meinen Weg finden lässt.

# Der Escort

Der Escort, ja, das war was, der hatte was! Die Geschichte begann, nachdem ich beim „Witwentröster" in Sachen Sex „durchgefallen" war. Wenn ich etwas lernen möchte, brauche ich einen Profi, einen Nachhilfelehrer, ein Coaching, um Defizite zu beseitigen. Okay, ganz so drastisch waren meine Gedanken vor knapp zwei Jahren nicht, aber fast. Auf jeden Fall kam mir ziemlich schnell die Idee einen Escort zu buchen, einen Mann für (fast) jede Gelegenheit. Aber zwischen Idee und Ausführung liegen Welten, sprich Tage und Wochen. Dank Internet konnte ich mir einen ersten Überblick verschaffen, Preise vergleichen, mir überlegen, ob ich einen „Freischaffenden" buchen möchte oder lieber einen über eine Agentur.

Einen Escort oder gleich einen Callboy? Unterschied? Und wo sollte das Treffen stattfinden? Ich arbeitete mich durch die einschlägigen Seiten, guckte mir die Jungs an, überlegte, was bzw. wen ich überhaupt wollte. Männer im Katalog aussuchen, das hat definitiv etwas. Nicht zu jung, dreißig geht noch nicht, aber auch keinen um die sechzig, dazwischen gab es einige, alle mit interessanter Vita. Ich wollte mich unterhalten, nicht blamieren, am Ende blieb einer übrig, „Newcomer des Monats", die Interessengebiete passten und er sah verdammt gut aus, mein Geschmack entschied! Die ersten beiden Stunden sind die teuersten, dann wird es umso günstiger, je länger der Knabe, pardon Mann, gebucht wird. Ich bin von Natur aus sparsam und weil 12 Stunden nur unwesentlich mehr kosteten als 10 nahm ich ein Dutzend. So weit, so gut! Rasch in die Vertragsbedingungen geguckt, ups, was steht da? „Sexarbeit ist ausdrücklich ausgeschlossen." Nachdem ich gefühlte Tage in die Auswahl gesteckt hatte, wollte ich es aber trotzdem wissen. Und bevor ich es mir noch einmal überlegte und am Ende doch kniff, mutig auf den Button „Jetzt buchen" gedrückt. Tat gar nicht weh, im Gegenteil, fühlte sich gut an, nach Abenteuer, Freiheit, eigener Entscheidung, Risiko, Leben, Herausforderung.

Als Ort hatte ich Dresden gewählt, da fielen keine separaten Anreisekosten für „Markus" an, aber was wollte ich erleben, was sollte ich in den entsprechenden Anfragetext schreiben? Die Antwort war einfach: „Die Leichtigkeit des Seins! Ich trinke gerne Tee und bevorzuge vegetarisches Essen." Mehr konnte ich der Dame von der Agentur auch nicht erzählen, die mir ihre Telefonnummer für Notfälle gab, mir einschärfte sofort, also vor Arbeitsaufnahme, das ausgemachte Honorar in bar zu überreichen (diskret versteht sich), und nach einem Erkennungsmerkmal fragte.

Und das „Event", mein großes Wagnis, fing nicht etwa in Dresden an, nein, sondern schon vorher mit Fragen wie "Was ziehe ich an? Vor allem drüber?" (drunter war klar), „Was für eine Kategorie Hotelzimmer hätte ich gerne, falls doch...?", "Wie viel Geld für Spesen werde ich brauchen?", „Wie mache ich das mit den Spesen? Will ich wirklich überall bezahlen und mich dann vielleicht bei der Trinkgeldfrage als zu „knauserig" outen?" Meine Freundin, die Autorin, war mir eine große Hilfe und ich bekam im Vorfeld alles geregelt, was regelbar schien.

Anfang Oktober 2018 war es an einem Samstag dann so weit. Ich saß ab 10.30 Uhr in der Hotellobby und harrte ruhig der Dinge, die da kommen sollten, nein, Quatsch, ich wartete wie bestellt und nicht abgeholt auf den Escort. Denn der verspätete sich, das fing ja gut an! Und die Agentur nicht erreichbar...

Endlich kam ein gutaussehender 40-jähriger in die Lobby gestürmt, konnte der das sein? Suchender Blick, okay, dann mal das in der Wartezeit herausgeholte Strickzeug beiseitegelegt, den roten Rucksack, das Erkennungsmerkmal, geschwenkt. Das war also Markus, der Newcomer des letzten Monats, hm, cool, obwohl mir der Schweiß lief...

Durch die Verspätung klarer Punktsieg für mich, er in der Defensive, dabei hatte ich noch gar nichts gemacht. Wie geht dezentes Geld übergeben, wenn beim Gegenüber der Stresspegel hoch ist? Das bekam ich hin, der Tag konnte beginnen. Wie sich herausstellte, war seine Vorbereitung kurz und knapp, er wollte mit mir zu einer Weinprobe, aber da ich keinen Alkohol trinke, nichts für mich, also gecancelt. Ab hier wurde es spontan und ich fragte mich im Verlauf der Stunden mehr als einmal, wer hier eigentlich wen begleitet.

Für mich bedeutete der Tag „Die Leichtigkeit des Seins". Sich keine eigenen Gedanken machen, sich treiben lassen, nehmen, was kommt, nur keine Verantwortung übernehmen, denn ich hatte für 12 Stunden Begleitung und Unterhaltung bezahlt!

Als erstes gingen wir was trinken und als es ums Bezahlen ging, schob ich ihm wie selbstverständlich das Kuvert mit dem Spesengeld rüber. „Du bezahlst und wenn es nicht reicht, sag Bescheid!" Das fühlte sich gut an, befreiend, denn während meiner Ehe war ich immer für das Bezahlen zuständig gewesen. Hier übernahm er das, natürlich nur vom Gefühl her.

Markus war ein guter Unterhalter und Zuhörer, 12 Stunden sind lang, wenn Hotelzimmerbesichtigung ausgeschlossen ist. Schon ziemlich bald kannte ich einen großen Teil seiner Familiengeschichte, seinen Arbeitgeber und auch seinen Klarnamen, private Fotos, wurde mit einer seiner Ex-Frauen verglichen und einer Kundin, hörte den Begriff "Beuteschema" zum ersten Mal, fühlte mich wohl, auch wenn das Ganze mir mehr als einmal surreal vorkam.

Und ich wurde angebaggert, super, ich wuchs zusehends, denn zufällig waren „Blond, groß, blaue Augen" Kennzeichen genau des Frauentyps, den er bevorzugte. Es knisterte und prickelte, draußen waren gut 30 Grad, mir war also nicht ohne Grund heiß. Aber immer wenn er näher rückte, rückte ich weg, denn ich habe es mit Regeln und im Vertrag stand "Keine Sexarbeit". Denn ich Schaf nahm das mit „keine Sexarbeit!" doch tatsächlich ernst. Vom Dorf halt, sprich von hinter dem Mond! Als die Gesprächsthemen zur Neige gingen, wurden mir seine sexuellen Vorlieben sehr anschaulich beschrieben, sehr lehrreich, ich war und bin so unwissend. Einiges habe ich später gegoogelt, Horizonterweiterung der besonderen Art.

Es machte mir Spaß, mit einem so gutaussehenden, eloquenten Mann unterwegs zu sein, Dresden zu besichtigen, ein bisschen und noch ein bisschen mehr aus meinem Leben zu erzählen, z.B. dass meine Freundinnen Wetten darauf abschlossen, ob ich ihn mit ins Hotelzimmer nehmen würde oder nicht. Da war er fassungslos, er hatte nicht erwartet, dass ich so offen damit umging einen Escort gebucht zu haben. Der Tag war für mich voller Überraschungen, denn das eine oder andere Verhalten hatte ich wirklich nicht erwartet. Er checkte private Nachrichten auf seinem Smartphone oder ging los um ein Ladekabel für das Handy zu kaufen, wohlgemerkt während seiner „Arbeitszeit". Und seine völlige Unkenntnis, was die Versteuerung seiner Einkünfte aus der Escort-Tätigkeit angeht. Da war ich in meinem Element, mein Kurzvortrag führte dazu, dass er feststellte, das nach Abzug von 25 % Provision auf den Restbetrag noch 40 % Steuern fällig werden… Das verlangte nach einem starken alkoholischen Getränk, auf „ex". Danach fiel ihm sichtlich wieder ein, dass er im „Dienst" war. Also musste ein Kaffee her. Ich habe mich köstlich amüsiert.

Getreu dem Motto "Aufhören, wenn es am Schönsten ist" ließ ich mich nach dem Abendessen zum Hotel begleiten und beendete trotz vorhandener Restzeit den Tag. Ich hatte genug Eindrücke, ich war „übervoll". Und dann wurde noch eins draufgesetzt als Markus mir seine private Telefonnummer in die

Hand drückte und sagte, dass er sich freuen würde, von mir zu hören...

Unbegreiflich, das passierte mir, einer 55-jährigen Witwe, mit nahezu null Erfahrung, was Männer anbelangt. Mit einem Mann, der 15 Jahre jünger war, ausgesucht aus dem Katalog! Sehr gut angelegtes Geld! Die Rendite war unglaublich. Und nun, was tun mit der Telefonnummer? Klar, testen, ob sie stimmt. Per SMS gute Heimreise gewünscht, in den nächsten Wochen losen Kontakt gehalten und beschlossen den Mann noch einmal zu treffen. Termin ausgemacht, 1. Advent in Leipzig einschließlich Besuch einer „Dining Show". Und dann wurde es interessant, denn es kam von seiner Seite aus kein Kommentar zu Kosten etc. Ratter, ratter, ratter. Also ein echtes Date? Unwahrscheinlich, so interessant war ich dann doch nicht. Geringere Kosten, weil die Provision für die Agentur gespart wurde? Immerhin bei halbe-halbe mehr als ein Hunderter! Mit der Autorin diverse Szenarien durchgespielt: „Was, wenn? Wie dann?" Alles klar, ich war bereit nach diversen Einkaufsbummeln mit Kolleginnen, Kosmetikerin und Nichte! Mein Kleiderschrank hatte eine Grundausstattung, mit der ich mich wohlfühlte und selbst schick fand. Auf nach Leipzig, in die Junior-Suite.

Das wiederholte Abenteuer begann am nächsten Morgen. Abholung im Hotel, dieses Mal sogar pünktlich, Ausstellungsbesuch, im Auto, auf dem Weg dorthin, immer noch kein Wort zu den Konditionen des Treffens. Okay, dieses Spiel kann ich auch spielen, im Improvisationstheater für Laien bin ich gut. Wir betraten die Ausstellung, gerader Weg zur Kasse und nur eine Eintrittskarte gekauft. Endlich eine Reaktion, ungläubiger Blick, warum ich nur für mich bezahle? Er musste Geld aus dem Auto holen, cool bleiben, nicht dem Impuls nachgeben, nicht doch für ihn bezahlen, abwarten. Wenige Minuten später dann mein Auftritt und die Frage: „Wie stellst Du Dir den Tag heute vor?" „Wie stellst Du ihn Dir vor?" „Ich habe zuerst gefragt Du bist dran mit der Antwort!" Und die Antwort bewog mich zu: „Du weißt, wo ich arbeite! Geld nur gegen Rechnung! Keine Schwarzarbeit, Du bist doch angemeldet?". Punkt, Satz, Sieg, wenn auch etwas schal. Die Stimmung war dahin, aber so etwas muss frau aushalten können. Konnte ich. Ich fühlte mich großartig. Dass ich das Wortgefecht gewonnen hatte, super! Da hatte sich das Training mit der Autorin gelohnt! Und selbstbewusst ging es weiter durch den Tag! Ich war gefühlt größer als am Morgen und das lag nicht nur an den Stiefeletten! Nachmittags hatten wir von vornherein eine Pause veranschlagt. Deutlich vor der vereinbarten Zeit teilte ich ihm mitten in der Stadt mit, dass ich jetzt keine Lust mehr auf Sightseeing hätte und lieber allein Bummeln würde...

Und ließ ihn einfach stehen! Ich war Chefin, jep, weisungsbefugt, so ist das, wenn ich Gesellschaft gegen Geld bekomme, Zeit bezahle. Ich kann, muss sie aber nicht nutzen. Freiheit der Entscheidung, wieder was gelernt.

Abends holte er mich im Hotel ab, zu Fuß durch den Weihnachtsmarkt war der Plan, zur Abendveranstaltung. Stimmungsmäßig alles im grünen Bereich, also los. Ungefähr nach 200 Metern, in einer wirklich dunklen Ecke von Leipzig, fiel mir ein, dass ich immer noch „sein" Geld in der Handtasche mit mir herumtrug. Vergessen im Hotel auszuhändigen, blöd, was nun? Angenommen ich werde auf dem Weihnachtsmarkt Opfer eines Taschendiebstahls, dann müsste ich nochmals das Geld aufbringen, zu teuer. Keine Wahl: Tausch Geld gegen Rechnung, hier, jetzt, sofort! Beide holten wir unsere Umschläge raus und da standen wir nun, ein bisschen wie beim Klassiker „12 Uhr mittags", nur kein Colt in der Hand. Da ich nicht wusste, welche Summe in der Rechnung stehen würde, darüber hatten wir immer noch nicht gesprochen, und ich auch nicht zu viel bezahlen wollte, sagte ich so etwas wie: „Lass mich die Rechnung sehen, ob sie ordnungsgemäß ist." Immer im Dienst, manches kann ich einfach nicht ablegen, aber es funktionierte. Kein Teilen der gesparten Provision, naja, war schon fast zu erwarten gewesen, meinen Umschlag ausgehändigt. Bezahlt, puh, von einer Last befreit.

Die Show war super, das Essen überwiegend sehr gut, nur noch einen Wunsch auf der Liste und dann war's das mit dem Escort. Ich wollte einmal mit einem gutaussehenden Mann an einer Hotelbar sitzen, so wie im Fernsehen, bescheiden, ich weiß, aber was soll's. Und mein Hotel hatte angeblich die Bar mit der schönsten Aussicht im Dachgeschoß. Hopp auf und hin. Die Getränke waren nichts, laut war es, zugig und die Aussicht zwar vorhanden, mehr aber auch nicht. Und dann der Satz: „Meine sonstigen Leistungen kennst Du ja!" Nein danke! „Darf ich Dich noch zum Fahrstuhl begleiten und runterbringen?" Meine Antwort war raus bevor mein Gehirn sich einschaltete. Oder arbeitete es schon die ganze Zeit? Im Erdgeschoß vor dem Fahrstuhl verabschiedete ich mich von „Markus", nein, eher entließ ich ihn mit den Worten, dass ich „Jetzt weiß, was ich will und was ich nicht will." Und so war es gut!

Die mit dem Escort verbrachte Zeit hat mich viel über mich selbst gelehrt, mir eine neue, andere Garderobe beschert, mir vor allen Dingen unheimlich viel Selbstbewusstsein gegeben. Eine tolle Erfahrung mit

Höhen und Tiefen, ungewöhnlich, aber warum nicht? Wäre ich ein Mann, würde ich, wenn ich diese Geschichte erzähle, nicht immer erstaunt angeschaut werden! So ist das Leben auch.

## Datingportal-Bekanntschaften

Ja, auch ich tummle mich in den Dating-Portalen. Es fing an mit „Lebensfreunde50+", „Finya" zum ersten und zweiten, ein Abstecher zu „Zweisam", und dann wieder zurück zu „Finya". Was habe ich da schon alles erlebt, manches Mal braucht frau da ein wirklich dickes Fell. Die Anmachen sind nicht nur plump, was zu entschuldigen wäre, sondern manchmal auch vulgär, wofür es aus meiner Sicht keine Entschuldigung gibt! Bei den ersten Gehversuchen auf diesen Portalen füllte ich noch brav mein Profil aus und erzählte aus meinem Leben, aber inzwischen bin ich davon abgekommen. Jetzt heißt es Frechheit siegt, mit Sprüchen wie „Lieber den Prinzen auf dem Motorrad als den Langweiler vom Sofa" oder „Nein, ich suche keinen Zweitjob als Geliebte, denn ich warte ungern und teile nicht!" Das schreckt zum Glück doch den einen oder anderen ab, denn ich bin nicht wirklich auf der Suche, zumindest nicht nach einem Partner für den Rest meines Lebens, nicht heute, nicht im Hier und Jetzt. Bildlich gesprochen: Den Prinzen küssen, aber nicht heiraten. Zeitvertreib durch „Brieffreundschaften", persönliche Treffen, auch ab und zu eine Begegnung in einem Schlafzimmer, ja, warum nicht? Ich bin frei, auch von einigen moralischen Bedenken. Wenn Ehemänner fremd gehen, ist das eindeutig deren Problem, nicht meins. Problematisch würde es erst werden, wenn das Herz mitspielt, aber das ist nach der „Langzeitaffäre" so schnell nicht wieder zu erwarten. Diese Lektion war hart, unbestritten, aber sehr lehrreich! Ich frage jetzt doch lieber einmal zu viel nach dem tatsächlichen Familienstand. Wobei das auch keine Garantie ist. Interessiert mich auch nicht wirklich, aber so können so manche Komplikationen vermieden werden.

Bevor mich die Altersdemenz ereilt, schreibe ich hier die eine und andere Episode auf, erinnere mich, setze die rosarote Brille auf oder gegebenenfalls ab. Ich habe während meines „Feldversuchs" von ungefähr einem Jahr Dauer, beginnend ab November 2018, mit den unterschiedlichsten Männern Kontakt gehabt. Heute bin ich deutlich wählerischer als damals, weiß eher, was ich will. Ich bin aber immer noch neugierig, wie weit manche Männer im Gespräch tatsächlich gehen, wenn sie das Gegenüber nicht sehen können. Und probiere mich auch aus, frech, übermütig, ernst, mitfühlend, je nach Lust und Laune und der Reaktion am anderen Ende. Denn tatsächlich macht nur Versuch klug! Viele der Bekanntschaften brachten mich persönlich weiter, einige endeten in Treffen im echten Leben, an einige erinnere ich mich sehr gerne und an andere weniger. Zurzeit ist das Portal für mich ein nettes Hobby, und wer weiß heute schon, was sich vielleicht morgen daraus ergibt?

Die hier benutzten Pseudonyme der Männer wurden von mir frei erfunden.

**Der „Gestörte Jurist":** Sein Profil fand und finde ich unheimlich faszinierend. Das Foto sagt jedes Mal zu mir „Nimm mich". Der Mann ist für mich die totale Herausforderung! Aber ich habe gelernt, nicht jede Herausforderung anzunehmen. Die Beziehung dauerte nicht lange, war aber sehr intensiv. Was haben wir für eine Zeit damit verbracht Buchstaben und Worte zu tauschen. Ich glaube so viele wie mit keinem anderen. Über Gott und die Welt und wieder zurück. Der Mann ist eloquent, belesen, kennt sich in Gebieten aus, die mich auch interessieren. Aber er hat definitiv zwei Gesichter (Sternzeichen Zwilling?) und das Zweite, von mir „Saulus" getauft, macht mir Angst! Als „Saulus" erinnert er mich an meinen verstorbenen Mann, und das brauche ich wirklich nicht noch einmal! Trotzdem oder gerade deswegen wollte ich ihn persönlich treffen, als sich die

Gelegenheit im März 2019 bot. In Bochum, viel Aufwand für wenige Stunden, aber ich wollte es einfach wissen, mein Bauchgefühl testen, gucken, ob ich mich auf mich selbst verlassen kann, ob meine Menschenkenntnis funktioniert. Ein interessanter Abend, ja, er overdressed, ich nicht.

Er sah anders aus als auf seinem Foto, hm, vielleicht wirkte der Business Anzug von Boss (Himmel, dreiteilig!) auch wie eine Rüstung. Ich weiß es nicht. Den ganzen Abend über war trotz Provokationen meinerseits nur „Paulus" anwesend, ich begann mich sicherer zu fühlen, genoss die gemeinsame Zeit, das intensive Gespräch, seine Besorgnis um meine gebeutelte Seele. Wir verabschiedeten uns in meinem Hotel, ich ging allein auf mein Zimmer, immer noch misstrauisch, ob des angenehmen Abends. Und begann über ein zweites Treffen nachzudenken. Das hätte ich mir allerdings schenken können, denn schon am nächsten Tag kamen wieder Nachrichten von „Saulus". Letztendlich schenkten wir beide uns in dem folgenden verbalen Austausch nichts. Das Ende war kurz, schmerzhaft und notwendig. An Weihnachten meldete er sich wieder, schickte Grüße. Ich freute mich, war und bin aber auf der Hut, traue dem Frieden nicht, auch wenn der Schlagabtausch (!!) durchaus anregend ist, und deshalb tue ich etwas,

was mir sehr schwerfällt: Ich lasse ihm das letzte Wort, den letzten Buchstaben, das Z!

**Der „Dominante":** Was für ein Typ! Meldete sich das erste Mal Silvester 2018, ja, seine Anmache hatte was. Verbalerotik scheint zu funktionieren! So schnell verschwunden wie aufgetaucht. Auf einmal im Februar 2019 war er wieder da. Was für eine absurde Situation!

Er beklagte sich, dass keine Frauen auf sein Profil reagieren würde. Dass er dies gerade bei mir tat, wo ich doch, laut ihm, höchstens 3. Wahl bei ihm wäre, war schon abstrus. Profilberatung am Küchentisch, darüber kann ich heute noch lachen, auch wenn es nicht wirklich zum Lachen war, sondern für mich eindeutig in die Rubrik „traurig" fällt. Wir hielten dann einige Zeit Kontakt, ich wollte wissen, wie weit ich bereit bin mitzuspielen, wenn einer mit „Gebieter" angeredet werden möchte. Ich habe es mit Gehorsam nicht so. Also erst einmal auf „Meister" heruntergehandelt. Und dann gab es Aufgaben vom „Meister", die ich zu meiner vollsten Zufriedenheit löste, zu seiner wohl eher nicht. Gemein? Vielleicht, aber zum Spielen gehören immer zwei. Er wollte, dass ich halterlose Strümpfe mit breitem Rüschenrand kaufe, ich wusste bis dato nicht einmal, wo es die gibt, konnte die Aufgabe trotzdem lösen, brachte für mich aber welche mit einem schicken abstrakten Muster mit. Als nächstes sollten es dann schwarze Schuhe mit Pfennigabsatz sein, mindestens 5 cm hoch. Ich war noch nie so lange in einem Schuhgeschäft gewesen, ich habe wirklich alle einigermaßen passenden Schuhe durchprobiert, unglaublich, dass wirklich ich diejenige war, welche die Verkäuferin an den Rand der Erschöpfung brachte. Am Ende nahm ich zu den schwarzen Schuhen noch ein paar wirklich schicke rote mit, okay, der Absatz war vielleicht etwas breiter, aber die paar Millimeter... Der Herr und Meister war „not amused", ich schon. Der Kontakt brach ab, als ich in die psychosomatische Klinik kam. So ein Arsch, gehen ohne Abschied. Ein „Ich habe kein Interesse mehr" oder „Tschüss" hätte doch noch drin sein können! Aber ich kann ihm nicht böse sein, denn seitdem trage ich nur noch Unterhemden mit Spitze. Und sobald ich die angezogen habe, spricht der Spiegel immer zu mir: „Gut siehst Du aus!" Und so fühle ich mich dann auch!

**Der „Dampfplauderer":** Er fällt eindeutig in die Kategorie mehr Schein als Sein. Das Schreiben mit ihm machte Spaß, definitiv. Relativ bald stand ein persönliches Treffen an, er wollte meiner mangelnden Erfahrung mit Männern abhelfen, er stellte sich in seinen Zeilen als erfahrener „Lustmolch" dar. Wie die

Sache letztendlich ausging, habe ich in der Geschichte „Der Witwentröster" beschrieben.

Die „Langzeitaffäre": Ja, über den gibt es eine Menge zu schreiben, eine spannende Geschichte, nein, eigentlich recht viele. Der Mann war klasse, auch wenn er mir ungezählte schlaflose Nächte bereitete. Keine Wiederholungen, nein, es gibt genug zu erzählen, ich erinnere mich gerne an die eine und andere, bisher auch noch nicht erzählte, Episode. Der erste Mann, der mir zu meinem Geburtstag am Telefon ein Ständchen sang, wie selbstverständlich, ich bin heute noch gerührt, wenn ich daran denke. Und dabei war zu dem Zeitpunkt das Verhältnis schon getrübt. Er brach, im Gegensatz zu anderen, den Kontakt nicht ab, als ich in die Klinik kam, ganz im Gegenteil. Unterstützung pur durch tägliche Nachrichten, gelegentliche Anrufe, auch nachts um 2 Uhr, wenn ich nicht schlafen konnte, ja, das war wirklich etwas! Nun ja, natürlich war nicht alles rosarot, sonst hätte ich am Ende ja nicht die Trennung…, ja, was? Eingeläutet, forciert, herbeigeführt? Keine Ahnung, ich wollte kein Ende der Beziehung, aber eine Änderung der Spielregeln, ein bisschen mehr von diesem und jenem…

Es ist wie es ist, aber ich denke gerne zurück. Seine Kontaktdaten habe ich ebenso gelöscht wie die ausgetauschten Nachrichten, mit den Erinnerungen ist es deutlich schwieriger. Erst im Nachhinein habe ich erkannt, was dieser Mann für mich und mein Selbstwertgefühl getan hat und natürlich auch was er von der Bekanntschaft mit mir hatte. Ich war keine Almosenempfängerin, ganz im Gegenteil. Das „Sabberfoto", da läuft mir immer noch der Speichel im Mund zusammen, habe ich „gerettet", es steht im Küchenschrank und erinnert mich daran, was für eine tolle, taffe Frau ich sein muss, dass ein Mann wie er sich monatelang für mich interessierte!

„Rasierte Eier": Ein Fan der ersten Stunde. Er schickte mir als dritter oder vierter ein „Hallo". Mensch, fand ich seine Sprüche vulgär, da wusste ich noch nicht, dass es unzählige Steigerungsmöglichkeiten gibt, dass manche Männer einfach keine Scham und keinen Anstand kennen. Aber irgendwie auch faszinierend, so dass wir uns schon bald persönlich trafen, zu Kaffee beziehungsweise Tee. Sympathisch ja, hm, okay. Auf jeden Fall fand er mich toll! Ein vereinbartes Treffen im Hotel scheiterte daran, dass er seinen Nachnamen nicht sagen wollte, ich fand, das war das Mindeste. Heute sehe ich das etwas lockerer. Irgendwie blieben wir in Kontakt, manchmal finde ich seine Sprüche mehr als erheiternd. Ich habe mit ihm mein neues

Schlafzimmer eingeweiht, kann mich aber gar nicht mehr so richtig daran erinnern, wie es dazu kam. Auf jeden Fall wusste ich danach, was die „Langzeitaffäre" meinte, als er sagte „Such Dir einen Zwanzigjährigen!". Wieder was gelernt. Bin ich ungerecht? Ja, ich denke ein bisschen schon. Wir trafen uns noch einmal bei mir, aber hinterher war mir klar, dass ich auch beim Sex mehr brauche als nur den Anblick von „rasierten Eiern" und seinem Standardprogramm. Und wenn ich wirklich die Frau wäre, für die ich mich halte, hätte ich den Kontakt schon längst abgebrochen, anstatt immer irgendwelche Ausflüchte zu finden! Denn ich will den besten Fisch, die Zeiten des Zweitbesten sind vorbei. (Für Unwissende, es gab mal eine Werbung im Fernsehen mit dem Spruch: „… und für meine Frau den zweitbesten Fisch!")

**Der "Knasti":** Er ist schuld, dass ich weiß, dass es bessere Fische gibt, um in der Metapher zu bleiben. Der Mann ist clever, nicht nur weil er aus meiner alten Heimat kommt, sondern weil er sich bereits vor seinem Klinikaufenthalt/seiner Kur hier in Franken einen Kurschatten suchte, was ich für eine nachahmenswerte Idee hielt. So kamen wir in Kontakt, der bis heute hält. Das mit dem Kurschatten wurde nichts, ich hatte keine Zeit, aber wir trafen uns letztes Jahr im August in Norddeutschland im Hotel. Na ja, nicht gleich, vorher beäugten wir uns schon noch im nah gelegenen Café. Heiß war es, so dass ich keine Probleme damit hatte zu dem Treffen ohne Unterwäsche zu erscheinen (seine Idee), sehr ungewohnt, klar, aber das Kleid war blickdicht. Ich muss jetzt noch lachen, wenn ich daran denke. Das war auch ein guter „Aufhänger" im Hotelzimmer, denn auf seine diesbezügliche Frage lautete meine Antwort nur: „Find´s raus!" Ich denke sehr gerne zurück, der Sex war gut, der Mann nahm mich, wie ich bin. Lachen, reden, Blödsinn machen bei einer so ernsthaften Sache? Kein Problem. Einfach nur ausprobieren und Spaß haben. Ich mag seinen Humor und seine Komplimente, er spricht meine Sprache, sein Akzent ist Heimat für mich. Und wenn ich die Augen öffne, liegt da ein waschechter Türke neben mir. Super, da ergibt meine „Ausbildung" zur „Integrationsbegleiterin" doch tatsächlich einen Sinn. Ach ja, er arbeitet im Gefängnis, er sitzt nicht ein, entsprechende Sorgen sind unnötig. Unser Date im April 19 cancelte Corona, ein weiteres Treffen ist in Planung. Ob ich seiner Bitte meine Sex Toys mitzubringen, nachkommen werde, weiß ich noch nicht. Immerhin habe ich dank des Adventskalenders von Amorelie mittlerweile einen Vibrator, noch originalverpackt, in handlicher Größe. Den ersten hatte ich ja schneller kaputt gemacht als ich gucken konnte.

„Mr. Sex": Er ist mein neuester Fang, da weiß ich aber nicht, wer wen angelte. Ich kannte ihn schon länger vom „Sehen", denn bereits 2018 und 2019 besuchte der Mann mein Profil. Weil Pseudonyme zweifellos eine Bedeutung haben, beachtete ich ihn nicht. Dieses Jahr war es anders. Nachdem ich er ein paar Mal auf meinem Profil zu Besuch war, fragte ich ihn, ob ich ihm über die Straße helfen könne, ich sei blond. Die Antwort „Na, dann mach das mal... Über die Straße, in meine Wohnung, in mein Schlafzimmer" gefiel mir. Also trafen wir uns zeitnah, auch wenn ich wegen meiner Brüche (rechte Speiche, linke Handwurzelknochen) gehandicapt war, zu einem verspäteten Frühstück in der Stadt. Und schon wenige Tage später abends bei mir, denn wie sagte er so schön: „Deine Hände brauchst Du nicht, einfach auf den Rücken legen, Schenkel auseinander und genießen!" Und das tat ich. Der Mann hatte nicht zu viel versprochen! Im regionalen Gewässer zu fischen hat seine Vorteile, denn eine Woche später konnte schon das nächste Treffen stattfinden. Läuft. Ich hätte nie gedacht, dass ich mich mit einem Mann zum Sex verabrede, wie mit Freundinnen zum Teetrinken. Hatte schon was, definitiv. Aber letztendlich bin ich, wie mir sehr schnell klar wurde, nicht die, die er sucht. Auch okay. Und aufgewärmt wird nichts, der erneute Kontakt im April 2021 war dann so schnell vorbei wie er begonnen hatte.

**„Schlaflos in Eltmann"**: Auch er ein alter Bekannter. Lange nichts mehr von ihm gelesen, bis er vor wenigen Wochen wieder auftauchte. Sein "alias" bekam er von mir deshalb, weil wir in der Vergangenheit, Ende 2018 bis Mitte 2019, nur chatteten, wenn ich nach wenigen Stunden Schlaf mal wieder ziellos durch mein Haus geisterte und auf der Suche nach Unterhaltung den Laptop einschaltete. Oft war er da, nicht lange, aber um mich auf andere Gedanken zu bringen reichte es allemal. Sehr aufmerksam der Mann, ich fand ihn interessant, und ja, es gab tatsächlich letztes Jahr ein kurzes Treffen. Dabei stellte sich heraus, dass das übersandte Foto null Ähnlichkeit mit ihm aufwies, der Vorname, den er mir nannte, falsch war, der Mann schon fast an Paranoia litt. Er hatte damals einen knapp dreißigminütigen Auftritt in meinem Wohnzimmer, meine Güte, war der nervös! Und so plötzlich, wie er gekommen war, war er auch schon wieder weg, und zwar für sehr lange Zeit. Und jetzt ist er wieder da, als wenn er seine Karteileichen durchgesehen und mich dabei gefunden hätte. Ja, Corona hat uns im Griff und die erzwungene Isolation treibt seltsame Blüten, auch nach den ersten Lockerungen. So war ich nicht wirklich überrascht, als es an einem Sonntag Ende Mai bei mir an der Tür klingelte. Ich erwartete zwar keinen Besuch, aber er hatte verlauten lassen, dass er eine Fahrradtour unternehmen würde, in meine Richtung, dass er aber bis x Uhr Bescheid geben würde. Kein Bescheid, aber er. Also in meinem „Sonntagsstaat" geöffnet, und da stand er. Brav rein gebeten. Und dann saß er auf dem Sofa und äußerte Anmachsprüche der etwas billigeren Sorte. Ich machte ihm unmissverständlich klar, dass es mit einer Schlafzimmerbesichtigung heute nichts werden würde. Allein die Sprüche, die dann kamen, ja, ich habe mich amüsiert, auf seine Kosten. Andererseits empfinde ich die Geschichte immer noch schwer zu ertragen, denn es sind halt nicht nur Siegertypen, die im Netz unterwegs sind. Er sucht, aber nicht wirklich, denn er hat höllische Angst vor dem Gerede der Leute, seiner Partei und, ja, auch vor Ausgrenzung in der Kirche. Keine Sprüche, definitiv nicht einen auf Mitleid machend, denn genauso hatte ich ihn schon letztes Jahr wiederholt beim Chatten erlebt. Aber gleichzeitig erzählte er mir wie spitz er sei und ja, eine kleine Massage? Und ich solle keine Angst haben, er würde nicht eindringen, er habe ja keine Kondome dabei. Da konnte ich nicht mehr an mich halten, grinste und warf lässig ein, dass fehlende Kondome kein Problem sein sollten, ich hätte welche da. Aber die Größenfrage? Das war allerdings keine Einladung, denn ich stellte nochmals nachdrücklich klar, dass es mit mir an dem Tag keinen Sex geben würde. Er ist nicht mein Typ und er hatte durch die falschen Angaben mein Vertrauen verspielt. Was dachte der sich? Bestenfalls nichts. Auch rückblickend erlebe ich die Situation noch immer als traurig. Und ja, ich hätte ihm nicht öffnen brauchen oder ihn rausschmeißen können, aber letzten Endes saß mir ein Mensch in Not (welcher Art auch immer) gegenüber. Sex und Partnerschaft 2020, gar nicht so einfach. Der Kontakt blieb sporadisch bestehen und Anfang 2021 gab ich seinem Drängen nach, warum auch immer, im besten Fall, weil ich nichts anderes zu tun hatte und ich meinen Erfahrungsschatz vergrößern wollte. Und das habe ich. Der Erkenntnisgewinn: Ich möchte keinen „Spargeltarzan" in meinem Bett, ich mag es doch lieber etwas fülliger.

**Der „Masseur":** Klar, der muss jetzt kommen, bei dem habe ich, seiner Meinung nach, einen Vertrauensbruch begangen, weil ich mich anfangs im Portal ein paar Jahre jünger gemacht habe. Für mich eine kleine Schummelei, aber im Grunde hatte er recht, denn ich kann nicht mit zweierlei Maß messen. Inzwischen ergibt sich aus dem Profil mein richtiges Alter, die Besucher sind teilweise deutlich älter, was soll`s. Wo war ich stehen geblieben? Er suchte eine Frau, die er berühren kann, einfach so, na ja, vielleicht mit der Option auf mehr und ich war bereit mich berühren zu lassen, auszuprobieren was geht. Wir trafen uns immerhin zweimal, ich bin froh mich auf das Experiment eingelassen zu haben und dankbar für die Erfahrungen, die ich machen durfte.

**Der „Badeteich":** Er will Lust und Liebe, ist aber verheiratet. Nach dem Kennenlern-Date trafen wir uns doch tatsächlich bei ihm zu Hause, ich hatte eine Einladung zu Tee und mehr...
Den Badeteich testete ich dann doch nicht, aber ich habe schon nahezu das gesamte Haus gesehen. Immerhin hatte ich ihm vorher deutlich gemacht, dass er mit dem Feuer spielt, nicht ich. Aber das machte wohl einen Teil des Reizes für ihn aus, Ehebruch in den eigenen vier Wänden. Mir war es egal. Nach dem ersten Treffen ging es zwar weiter, aber nur noch kurz. Bei Mr. Sex hatte ich wenigstens einen Orgasmus! Ich wusste nur nicht, wie ich ihm die Trennung beibringen sollte. Er schenkte mir hingegen per „Telegram" mehr Aufmerksamkeit als je zuvor. Mist! Es half aber nichts. Also mutig voran und

höflich einen Abschied geschrieben. Und das auch noch per Nachrichtendienst, nicht wirklich mein Ding. Schwierig, sehr schwierig, denn ich will ihn weder verletzen, was ich unweigerlich tue, noch es auf Sparflamme und mit Ausreden weiterlaufen lassen. Ich will das Beste für mich! Mit weniger gebe ich mich nicht mehr zufrieden, lieber vegan als den zweitbesten Fisch!

**Der aus "Aalen":** Allein das Pseudonym weckt ungute Erinnerungen an den Arbeitgeber meines verstorbenen Mannes in mir. Trotzdem schrieb ich ihn an, als er zum gefühlten 100. Mal auf meinem Profil auftauchte. Da Mut anscheinend belohnt wird, ist eine interessante Brieffreundschaft entstanden, zumindest bis zum Treffen in Echtzeit in Rothenburg ob der Tauber, halbe Strecke jeweils. Aber hatten wir uns wirklich den bisher heißesten Tag des Jahres zum Kennenlernen aussuchen müssen? Obwohl, hm, warum nicht, so konnte ich gleich meinen neuen Sonnenhut ausführen, tolles Teil übrigens! Unkomplizierter Nachmittag beziehungsweise Abend, aber das ist auch einfach, wenn jemand so geduldig meinen Geschichten lauscht. Nächstes Mal ist er dran, dachte ich, denn ich war mir sicher, es wird ein weiteres Treffen geben, schließlich hatte er noch nichts von der Stadt gesehen, grins. Mein Hotelzimmer allerdings auch nicht, dabei hatte ich extra eins mit großem Fernseher gebucht (Insider-Witz)! Das nächste Treffen blieb dann aber aus, denn die Brieffreundschaft hat den Winter nicht überlebt, schade, eigentlich. Ich denke es war mein Insistieren, dass er in seiner Funktion als Kirchenvorstand das Buch „Die Wahrheit über Eva" lesen möge, was dann für ein relativ schnelles Ende sorgte. Ich hatte sein Abtauchen befürchtet, aber mir war der Buchtipp, die Bitte um das Lesen, wichtiger!

**Der „Waldschrat":** Der Waldschrat hatte Mut. Treffen am Badesee in Bad Staffelstein, warum nicht? Der Austausch war witzig und ich hatte an dem Tag nichts vor. Ja, es war ein himmlischer Nachmittag, den habe ich wirklich genossen. Auch die bewundernden Blicke der Männer auf der Strecken Badelaken - See. Aber der Waldschrat, meine Güte, dass manche Männer so schummeln müssen. Mindestens 5 cm kleiner als angegeben, und dann das Gewicht, wenn das normal sein soll, dann bin ich stark untergewichtig!
Gelernter Bauschlosser, hm, wie war das mit der Augenhöhe? Manche Männer haben davon doch eine recht eigenartige Vorstellung. Als Frau der klaren Worte teilte ich ihm dann auch zeitnah mit, dass er mir näher als am Badesee nie kommen würde. Wir hatten getrennte Decken… Ab und zu haben wir noch

Kontakt, die Sprüche sind immer noch sehr kryptisch, manches Mal witzig, also alles gut.

**Der „Architekt":** Mit dem war es witzig und interessant bis er „ghosten" ging. Sein Foto gefiel mir, wir telefonierten sogar ein paar Mal miteinander, angenehme Stimme, Augenhöhe, ja, vielleicht. Er las mir sogar nachts, Mitternacht war schon deutlich vorbei, am Telefon eine Gute-Nacht-Geschichte vor. Es ging um eine erwachsene Pippi Langstrumpf, hm, die Geschichte war etwas wirr, aber immerhin. Danach unterhielten wir uns noch sehr lange, danach war ich definitiv wach. Leider hat es nicht sollen sein, schade, er gefiel mir mit dem, was er von sich zeigte. Im März 2021 hatten wir wieder einen kurzen Kontakt, er schien wirklich erfreut, dass ich mir sein Profil angeschaut hatte. Anfangs war der Nachrichtenaustausch witzig und belebend, aber bald verlief sich der Kontakt wieder im Sand, schade. Ostern 2021, schrieb ich ihm eine etwas längere Mail, ich konnte nicht anderes, das Bedürfnis war stärker, mit der Botschaft, dass mich seine „Auferstehung" freue, ich aber derzeit kein Treffen in Rom oder das Teilen eines Schokoladenkuchens erkennen könne. Das waren seine Vorschläge gewesen. Loslassen, auch wenn es etwas weh tut!

Aber auf zu neuen Abenteuern! Männer gibt es in den Portalen wie Sand am Meer. Rein, verschmutzt, fein- oder grobkörnig, klebrig, leicht rieselnd, jede Menge. Obwohl, in manchen Seegebieten wird Sand inzwischen ja zur Mangelware...

**Der „Personaltrainer":** Dieser ist, ja, was? Ein Mann mit einer Geschäftsidee? Jung und naiv? Mit 38? Eine Ahnung habe ich schon, aber das Endergebnis steht noch nicht fest. In Zeiten vom Lockdown nutzt er das Datingportal, um Kundinnen für seinen nebenberufliche Tätigkeit der „Wellness-Massagen" zu gewinnen. Von so viel Unternehmertum beeindruckt, bei durchaus zivilen Preisen, ließ ich mich nicht lange bitten und besuchte ihn zum „Tee", alles andere hatte ja per staatlicher Verordnung geschlossen. Interessant, allemal, die „emotionale Massage" hatte was, zumal diese als Tantra-Massage endete... Jede Menge warmes Öl. Ungewohnte Situation, nackt auf dem Massagetisch, nur ein kurzes Handtuch auf den nicht zu massierenden Stellen, und beide mit Mundschutz! Die Vorstellung, wie das von außen aussehen musste, ließ mich lachen, was zu deutlichen Irritationen führte...
Er ist gebunden, zeigte aber freizügig seinen durchtrainierten Körper her. Da konnte ich aber mit meinen erotischen Fotos locker mithalten, grins. Von

da an war ich sehr großzügig und spendierte ein Bildchen täglich, wie bei einem Adventskalender. Sehr positive Resonanz. Wer kann, der kann! Zweiter Termin ist in Planung, hoffentlich wird er entspannter als der erste.

Inzwischen sind einige Termine verstrichen und wir sind mitten im Spiel. Er wolle nichts „Sexuelles", aber das war bei Bill Clinton und Monika Lewinsky ja auch nicht anders. „Handanlegen" kann auch beidseitig geschehen. Und massieren kann er wirklich gut. Spiel - ja, aber es schleicht sich von meiner Seite ein Unbehagen ein, das Verwischen der Grenzen ist unprofessionell, nein, ich glaube nicht, dass ich noch einmal hingehe. Meine Erfahrungen haben sich deutlich erweitert, ich weiß jetzt in welche Richtung eine Tantra-Massage gehen kann und finde den Gedanken an „Nichts muss, alles kann" bezogen auf einen möglichen Orgasmus sehr entspannend. Denn beim „echten" Sex ist beim Partner doch die Erwartungshaltung, wenn vielleicht auch nur unterschwellig, da, dass ich einen Orgasmus erlebe. Hier, in diesem Zusammenhang war das am Anfang anders, heute bin ich mir da nicht mehr sicher. Etwas hat sich verschoben, nein, es gefällt mir nicht mehr. Schluss mit lustig!

Der „Vertriebler": Einfach zur falschen Zeit aufgetaucht, mitten in meiner depressiven Episode. Das wurde leider nichts. Sehr angenehmer Mann, trank sogar meinen Kaffee, brachte Tulpen mit, wir trafen uns ein paar Mal zum Spazierengehen, tauschten Nachrichten, telefonierten, also deutlich mehr Nähe als mit vielen anderen. Zuviel Nähe war aber damals einfach noch nicht meins! Schade!

Es gab im Laufe der Zeit auch andere Treffen und kleine Episoden. „Frederic, der Heiratsschwindler" bekam sogar eine eigene Geschichte.

Datingportale haben ihre eigene Dynamik, immer wieder spannend, aber trotzdem bin ich, ob der ganzen „Suche" manchmal so müde und genehmige mir eine Auszeit. Immer dieselben Fragen, manches Mal kann ich Wetten mit mir selbst abschließen, wann denn nun Frage x oder y kommt. Nahezu alle sind in ihrem Profil „getunt". Ich halte es persönlich mehr mit Understatement. So sind wir alle Teile eines Spiels. Oft denke ich ans Aufhören, dann an die Zeit, die ich doch inzwischen in die Ausarbeitung des Profils steckte. Soll das alles vergeblich gewesen sein? Die klare Antwort auf diese Frage ist „Nein". Ich habe deutlich mehr bekommen, als ich mir je hätte träumen lassen. Das heißt aber auch, dass ich wahrscheinlich mehr gegeben habe, als ich vorhatte. Also dürfte es sich am Ende um ein Nullsummenspiel handeln, als

Ergebnis eine schwarze Null. Das ist mehr als viele Unternehmen in Zeiten von Corona erwirtschaften.

# Teebesuch

Die Langzeitaffäre schreibt mir nahezu jeden Morgen einen Morgengruß per „Telegram", dem Nachrichtendienst. Ein lieb gewonnenes Ritual! Bleibt die Nachricht mal aus, fange ich an mir Sorgen zu machen. Allerdings weniger um die Gesundheit der Langzeitaffäre, sondern darüber, ob ich etwas Falsches geschrieben habe. Ich bin wie ich bin, manchmal recht impulsiv, rede und schreibe oft ohne nachzudenken. Sozusagen Großhirn an Kleinhirn, ganz ohne Umweg, oder ist es andersherum?
Heute Morgen kam der Gruß, zu meiner Überraschung, kurz nach der Morgendämmerung, okay, etwas übertrieben, aber nicht sehr viel später!
Danach gab es noch eine Sprachnachricht, toll! Und dabei ist mein Geburtstag erst morgen. Ich mag seine Stimme und seinen Humor, hatte ich, glaube ich, schon erwähnt.
Inhalt der Nachricht: Heute zwischen zwei Terminen würde ich sozusagen auf dem Weg liegen, zeitlich und räumlich. Zeit für eine gemeinsame Tasse Tee,

wenn ich denn den „Flexibilitätstest" bestehen würde. Super! So einen Test schaffe ich doch an meinen guten Tagen mit links. Heute ist ein sehr guter Tag. Nur keinen großen Aufwand betreiben, aber ein bisschen ist erlaubt. Also flugs ein paar Shortbreads nach einem alten englischen Rezept gebacken, das darin enthaltene Marzipan (Geheimtipp der Rezeptgeberin) musste eh weg. Perfektes Timing, mein Tee war gerade fertig, als es an der Haustür klingelte. Es folgte Smalltalk, was sonst? Nein, doch nicht ganz, denn ich nötigte ihm auch meine neue Visitenkarte auf und stellte doch tatsächlich eine Frage, die mir schon seit Monaten auf der Zunge lag, aber aus Unsicherheit bisher nicht gestellt worden war: „Wie heißt Du mit Nachnamen?" „Mustermann" (hier schlägt der Datenschutz zu) hörte ich wie selbstverständlich aus seinem Mund. Und dafür hatte ich mehrere Anläufe gebraucht? Echt lächerlich, typisch ich!

Angespornt von diesem kleinen Erfolg, wollte ich noch etwas loswerden, etwas, an dem ich schon seit Wochen herumknabberte. Was war das mit uns? Welche Art Beziehung führen wir, in welche Schublade kann man das Ganze stecken? Ich bin jedenfalls mit dem „Status quo" nur weitestgehend zufrieden. Zu ganz, ganz vielen Prozent, aber eben nicht zu 100 %. Ändern kann ich nur etwas, wenn ich darüber spreche, Gedankenlesen gehört nämlich nicht zu den Qualifikationen der Langzeitaffäre. „Ich möchte mehr." Einfach so ausgesprochen. So wie „Vincent will Meer", aber das ist eben doch manchmal nicht so einfach. Ich wartete die Reaktion ab, die auch prompt kam, aber deutlich anders als erwartet! Erwartet hatte ich, wenn ich ernsthaft darüber nachgedacht hätte, vielleicht ein „Wie viel?" oder „Was?", aber kein „Das ist schwierig, Mädel!". Gut, „schwierig" ist nicht unmöglich, aber faszinierend fand ich die Reaktion schon, denn ich hatte noch gar nicht gesagt, was ich denn eigentlich mehr möchte. Eigentlich deshalb, weil „irgendwas geht immer".

Was möchte ich von der Langzeitaffäre, von Max Mustermann, denn schon großes? Eine Änderung der Rahmenbedingungen der Beziehung, ja. Zum Beispiel möchte ich seine Adresse wissen, die von meinen Freundinnen kenne ich doch auch. Ihn anrufen „dürfen", alleine wie das schon klingt! Ich muss doch nicht um Erlaubnis fragen, oder doch? Wahrscheinlich nicht, aber genau dieses Gefühl habe ich. Kurz gesagt: Ich möchte Gleichgewicht in der Beziehung, dort, wo es sich für mich ungleich anfühlt!

Der Kurzbesuch war dann auch relativ schnell vorbei, dem Näherrücken des nächsten Geschäftstermins geschuldet.

Unbehagen und offene Fragen blieben bei mir zurück.

Und was die ganze Sache nicht besser macht, ist, dass ich beim Abschied auf seinem Kragen einen dunklen Fleck bemerkte, ihn darauf aufmerksam machte und auch noch den Satz sagte „Von mir ist der nicht, ich benutze keinen Lippenstift!" Erst viel später ging mir auf, dass ich zur Feier des Tages einen Hauch Abdeckstift aufgelegt hatte... Peinlicher geht bei mir immer! Aber der Tee war gut!

## Kaninchenbefreiung

Es ist Sonntagmorgen, der erste Advent. Es ist sehr früh, draußen ist gerade erst der neue Tag zu erahnen und mir geht es gut!

Nach Monaten der Sorge, der inneren Unruhe, des Getriebenseins, des Abwägens und Nicht-Abwarten-Könnens, der Anspannung wie es mit der „Langzeitaffäre mit Probeschlafen" weitergeht, ob es überhaupt weitergeht.

Ich habe mich befreit! Wie ein Kaninchen, das sich aus dem Bann der Schlange löst! Es ist vorbei! Endlich! Meine Güte, wie hatte ich mich von dem Mann abhängig gemacht, sogar freiwillig. Der Tag wurde besser, wenn er mir morgens eine Nachricht schickte, schlechter, wenn er nichts von sich hören ließ. Geht's noch? Ja, es ging. Erst tage- und wochenlang, am Ende dann drei ganze Monate. Was eine Qual, wie viele Monologe musste ich mit mir selbst führen, bis ich wusste, was zu tun ist. Wie viele schlaflose Nächte und Augenränder! Und für was?

Auf jeden Fall hat es meine Selbstfindung vorangetrieben, mein „Inneres Ich" ist gewachsen. Und ich denke, dafür hat es sich gelohnt!

Die Geschichte mit der Langzeitaffäre ist eine abenteuerliche Geschichte, Teil meines Lebens, obwohl auf nur ein Jahr, das Jahr 2019, beschränkt! Kennengelernt hatte ich ihn bei „Finya", dem Datingportal. Probeschlafen im Hotel, keine Wiederholungsabsicht, bei keinem von uns, trotzdem noch Kontakt, eine sehr lange Zeit lang. Rat und Fürsorge an kranken Tagen, Zuspruch, wann immer es notwendig war. Er war Begleiter meines täglichen Lebens. Ich rutschte in eine leichte Abhängigkeit, war verknallt, alles, was so dazu gehört.

Erste Weichen wurden gestellt, als ich beschloss mit einer Geschichte aus meinem Leben an einem Schreibwettbewerb teilzunehmen. Durch das Schreiben wurden meine Bauchgefühle endlich vom Verstand formuliert. Was ich hatte, reichte mir nicht mehr, die Beziehung war zu einseitig, ich fühlte mich fremd- und trotzdem unbestimmt.

Es folgte eine Hängepartie bis ich bei einem der seltenen Besuche den Mut fasste, endlich, wir hatten inzwischen acht (!!) Monate Bekanntschaft hinter uns, nach seinem Nachnamen zu fragen. Gut, die Frage wurde durch einen definitiv zweideutigen Satz eingeleitet, nämlich „Ich will mehr, mir reicht es so

nicht!", aber zu einer Erklärung kam ich kaum noch.
Seine Reaktion überraschte und verschreckte mich.
Das Treffen ging schief, siehe „Teebesuch".

Danach wieder eine Hängepartie, vieles veränderte sich, meine Nachfragen wurden abgewiegelt, beschwichtigt, ignoriert. Der Kontakt wurde loser, alles ging eher subtil vonstatten, kaum der Rede wert, aber in seiner Gesamtheit doch deutlich spürbar.
Mir raubte es zu viel meiner kostbaren Energie!

Das Weihnachtsfest, das Jahresende näherte sich und ich beschloss: Keine Altlasten aus 2020 mitnehmen!
Aber wie etwas beenden, was eigentlich gar nicht da ist? Etwas zu Ende zu bringen, für was es keinen wirklichen Namen gibt?
Einfach so per Nachricht im Nachrichtendienst? Nicht mein Stil, nicht für mich geeignet, zu wenig Platz, schlechte Lesbarkeit, einfach nicht „meins"!
Also ganz nach Ayla-Manier, altmodisch vielleicht, aber es passt für mich!
Ich nahm meinen Füller, das Weihnachtsgeschenk 2018 an mich selbst, mein neues Briefpapier mit Logo, dem Graphiker sei Dank, und schrieb einen Brief.
Handschriftlich, vielleicht das eine oder andere Wort schwer lesbar, aber persönlich, mit blauer Tinte und unsichtbarem Herzblut.

Ich verglich meine Situation mit der in einem Wartezimmer, vor der Tür sitzend, mich fragend, ob dahinter etwas sei, für das es sich zu warten lohne oder ob dort einfach nur gähnende Leere herrsche. Ich erinnerte mich an die eine oder andere schöne Episode, an das Gefühl der Freude, welches er monatelang in mir wachgerufen hatte, aber auch daran, dass es so wie es ist, nichts für mich ist.

Und dann steckte ich den Brief am nächsten Morgen schweren Herzens in den Briefkasten, fühlte mich aber nach dem Loslassen des Umschlags leichter.

Die Reaktion kam mehrere Tage später, riss mich im wahrsten Sinne des Wortes vom Sofa, auf dem ich ermattet von der Arbeit des Tages schlief. Er rief an. Per Nachrichtendienst, also nichts mit normalem Telefon. In meiner schlaftrunkenen Verwirrung nahm ich das Gespräch auf dem Tablet statt dem Smartphone an und saß dann mit dem Tablet am Ohr gut eine halbe Stunde im zunehmenden Dämmer des Nachmittags auf dem Sofa.

Die Quintessenz des Anrufs lässt sich relativ kurz und gut zusammenzufassen: Nicht nur verglich er mein Verhalten mit dem einer pubertierenden 15 Jährigen, es stellte sich auch überraschend heraus, dass er, außer mit seinem Vater, mit noch jemanden zusammenlebt...

Das war mir neu. Wenn Freundinnen mich fragten, war meine Antwort immer, dass er meiner Kenntnis nach alleine lebe. Er erzählte, dass jetzt bei ihm der Haussegen schief hänge, verständlich, schließlich war auf dem Brief mein Absender angegeben. Das Gespräch hatte teilweise surreale Züge, denn es wurden trotzdem weitere Treffen in Aussicht gestellt, sich nach meinem Gesundheitszustand erkundigt, die Möglichkeit des weiteren Kontakts mehr als einmal angesprochen und Witze gerissen. Alles normal oder doch nicht?

Eine Therapiestunde half mir meinen Standpunkt zu bestimmen, zu ergründen, was ich will und zu welchen Bedingungen.

Eine Nacht darüber geschlafen und dann in wohlgesetzten, gut überlegten Worten das Ende der Beziehung mitgeteilt, denn noch eine weitere Hängepartie wollte ich auf keinen Fall! Die Antwort kam nahezu postwendend. Von „Vertrauensbruch" war da die Rede und damit für mich die Gewissheit, dass ich das Richtige tat!

Ich empfinde Schadenfreude, völlig unerwartet, aber total deutlich für den „schiefhängenden Haussegen", freue mich, eine weitere Hängepartie frühzeitig und aus meiner Sicht erfolgreich beendet zu haben. Ich bin wieder frei!

Trotzdem wird er für immer mein „Mensch des Jahres 2019" bleiben.

Nachtrag: Ende Mai 2021 hatte ich die Möglichkeit mich nochmals mit ihm zu treffen. Ein Glückwunsch zu seinem Geburtstag brachte den Kontakt zurück. Er kam zum Kaffee und ich hatte Gelegenheit bisher Ungesagtes zu sagen. Ich freute mich riesig ihn wieder zu sehen. Wie wir beide bemerkten, hatte ich mich verändert, weiterentwickelt, er sich offensichtlich nicht. Er räumte ein, es mir wohl entgegen seiner vorherigen Behauptung doch nicht gesagt zu haben, dass er mit jemanden zusammenlebt. Was hatte ich mir für Vorwürfe gemacht und nun völlig zu Unrecht. In meinem Schlafzimmer landeten wir dann auch noch. Was für eine Nullnummer! Was für ein unbefriedigender Quickfick. Und trotzdem konnte ich auf seine Frage „Geht es Dir gut?" mit einem klaren „Ja!" antworten und dem Satz: „Aber wenn Du wissen willst, ob ich befriedigt bin, dann ein klares Nein".

Es ging mir tatsächlich gut, die letzten Puzzleteile hatten ihren Platz gefunden und eine alte Geschichte ihr endgültiges Ende. Und jetzt ist wieder Platz für etwas Neues.

### Der Corona-Mann

Wir haben „Corona", die Pandemie hat uns fest im Griff, nichts ist mehr so wie es war, nicht einmal beim Online Dating.

Viele suchen die Nadel im Heuhaufen, den einen Topf, der zum Deckel passt, verbissen, fieberhaft, wahllos, tabulos, als Ersatz für normale Kommunikation im Alltag, aus Langeweile und Einsamkeit, mit Foto und ohne, mit viel oder wenig Text, mit Anforderungsprofilen, bei denen ich mich frage, welche Frau diese tatsächlich erfüllen kann, alles scheint möglich zu sein. Ist es dann aber doch nicht. Gründe gibt es so zahlreich wie Suchende, was die Auswahl nicht einfacher macht!

Ich suche auch, ich bin da keine Ausnahme, manches Mal fast erschlagen vom Angebot, die Auswahl fällt schwer, denn der Nächste könnte ja noch ein bisschen besser passen…

Die Suche ist ein Zeitfresser, aber was ich habe ist Zeit, denn beide Handgelenke sind in Gips.

Schluss mit dem Stress! Dem Rat der Autorin folgend, versuche ich mir jetzt „meinen" Mann zu...ja, zu was? Zu backen? Aber woraus? Hefe habe ich gerade nicht zur Hand. Vollkorn-, Weizen- oder Dinkelmehl? Da fängt es doch schon an, dieses sich nicht entscheiden können. Zu stricken? Eins rechts, eins links, dann zwei fallen lassen, oder wie war das nochmal? Welche Wolle? Baumwolle, Merino, Flachs, Polyester, alles gemischt, einzeln, in Reihen, mit Muster? Ich stelle fest, schon das Verfahren zur „Herstellung" verlangt eine Menge Entscheidungen von mir.

Letzten Endes entscheide ich mich für das Basteln einer Collage. Da kann ich, hoffentlich, alles unterbringen.

Einfach ist die Größe, ab 177 cm aufwärts, Haarfarbe schwarz wäre schön, aber hier mache ich mir nichts vor, viele ehemals dunkelhaarige sind inzwischen weiß, grau oder oben ohne. Was tun? Ein bisschen Klettband, dann kann bei Bedarf die Haarpracht ausgetauscht oder gleich ganz entfernt werden. Merinowolle, klar. Wollfett ist relativ schmutzunempfindlich, weich, angenehm zum Drüberstreicheln. Geschafft! Mit Bart oder ohne? Bart ist gerade in, mit der Zeit soll er gehen, also mit, oder, nein auch hier die Arbeit mit dem Klebeband. Lieber eine Option mehr. Augenfarbe? Blau, notfalls gibt es grüne Kontaktlinsen. Doch halt! Da habe ich in meinem Bastelsortiment ja noch ein Paar Kulleraugen. Aufgeklebt. Brille, erst mal egal, zur Not biege ich später aus Draht noch eine zurecht.

Körperbau? Kein Spargeltarzan, ganz klar, aber „stattlich" ist auch keine Beschreibung, die mir zusagt. Ein paar Kilo mehr, hm, ja, aber da müsste „ein paar Kilo mehr" erst mal näher definiert werden. Also eher normal schlank, ein T-Shirt ausgeschnitten aus der letzten Werbung, unter das schmale, aber nicht dünne Stück Papier geklebt, welches den Hals darstellen soll. Faltenlos, klar, schließlich bastle ich selbst. Gibt es irgendwo Arme? Jepp, da habe ich zwei beige Filzstreifen, die nehme ich. Handwerkerhände, nö, nicht wirklich, handwerklich begabt schon, aber doch lieber im Bereich Akademiker zu finden. Aufzeichnen, malen, na also, geht doch. Und keine schwarzen Ränder unter den Fingernägeln. Hose an, nein, keine Shorts, auch wenn es langsam Sommer wird. Hose, was geht da? Ah, da liegt ein Stück schwarzer Stoff, grob zugeschnitten, aufgeklebt, okay, erkennbar. Jetzt fehlt nur noch ein Sakko, welches bei Bedarf über dem T-Shirt getragen werden kann. Arbeiten mit Druckknöpfen, ja, das geht. Das T-Shirt hat auch gleich mehr Pep, das Silber sieht richtig gut aus auf dem blau! Und jetzt zum Lieblingsthema aller Frauen, den Schuhen. Keine Sandalen, geht gar nicht, genauso wenig wie schwarze Socken. Ich habe da noch einen Rest bunten Stoffs, Fische auf blauem Grund, Schiffe, ungewöhnlich, unkonventionell, das gefällt mir, nehme ich. Sneaker sind vielseitig einsetzbar, raus aus dem Prospekt und aufgeleimt. So, äußerlich passt es schon, er soll ja nicht Mister Universum werden, sondern nur meine Augen erfreuen. Aber das Anfassen sollte angenehm sein, Test mit der flachen Hand, ja, da wechseln sich verschiedene Materialien ab, weich und fest, warm und kalt, glatt und strukturiert, der Collagenmann fühlt sich gut an. Geruch nach Klebstoff, nein danke, eine herbe Zitrusnote ziehe ich vor. Eigengeruch, ja, aber Deo wurde bereits erfunden. Im Badezimmer liegt Speick Seife, leicht anfeuchten, einmal etwas über den Oberkörper ziehen, perfekt!

Bis hierhin war es fast ein Kinderspiel, aber jetzt die inneren Werte, wie stelle ich die dar? Humor, schwarz, kriege ich hin, ein kleines Foto vom „Schwarzen Kalender". Intelligenz und Allgemeinwissen, schwierig, ach was, einfach an den Rand schreiben. Sportlich, Fahrrad hinzugefügt. Schmirgelpapier für die eventuelle harte Schale, etwas Watte für den weichen Kern. Augenhöhe, Respekt, Eloquenz? Kommunikation, Neugierde, Klugheit? Da denke ich drüber nach, während ich zwei einzelne 1-Centstücke für die finanzielle Unabhängigkeit mit Tesafilm aufklebe. Ein getrocknetes Lindenblatt, Siegfried lässt grüßen, nein, nicht für körperliche Unversehrtheit, sondern für die Verbundenheit mit der Natur. Gleiches gilt für die kleine Vogelfeder. Der Smiley, ausgeschnitten aus Geschenkpapier für ein ansteckendes Lachen, ja, ich denke das passt. Ich sehe meine Tageszeitung liegen, da war doch noch was, ach ja, lesen sollte er können. Ich schneide ein Stück Text aus und falte ein sehr kleines Papierschiff draus. Perfekt, denn so kann ich die notwendige Begeisterung für Wasser obendrein ausdrücken. Klebt nahe beim rechten Schuh, hoffentlich rutscht er nicht aus, ein Tollpatsch in der Familie reicht völlig!

Der Rest wird sich zeigen, noch ist Platz, ich mag Spontanität. Wer weiß, was mir in den nächsten Wochen noch in die Hände fällt.

Nachtrag: Ja, inzwischen wurde die Collage ergänzt. Erst eine, dann zwei, dann drei Stecknadeln am linken Oberarm platziert für die, aus meiner Sicht, absolut notwendigen Coronaimpfungen. Und nein, ich bin nicht vorurteilsfrei: „Querdenker"? Nein danke!

## Chiffre ins Glück?

Anfang Juli 2021 besuchte ich mal wieder eine Freundin zuhause. Am Telefon hieß es geheimnisvoll, sie hätte da etwas für mich. Ich war gespannt und überlegte meinerseits, was ich zur Einladung zu Tee und Kuchen mitbringen könnte. Am Ende wurde es meine neueste Kurzgeschichte. Im Gegenzug bekam ich von ihr einen Umschlag, verschlossen, an sie adressiert. Ich guckte sie fragend an. Sie habe Ende Mai eine Anzeige in der Tageszeitung für mich aufgegeben, so ungefähr mit dem Text „Nordlicht sucht...". An mehr könne sie sich nicht erinnern, krankheitsbedingt hatte sie die Sache eh vergessen, aber jetzt sei der Brief von der Zeitung mit den Antworten aufgetaucht, voila und hier ist er nun. Ich wusste nicht, ob ich weinen oder lachen sollte. Ist sie mitfühlend oder übergriffig? Oder beides?
Da saß ich nun und wollte auf keinen Fall etwas Falsches sagen, also lieber erst einmal gar nichts. Um die Situation zu überspielen, öffnete ich den Umschlag und fand vier weitere Briefumschläge vor.

Ein bunter, schöner Umschlag mit kompletter Anschrift und drei weiße, lediglich mit einer Chiffre versehen, fielen auf den Tisch. Die Spannung stieg, was würde in den Briefen stehen? Wer würde sich darin vorstellen? Wie lauteten die Antworten auf einen Anzeigentext, den ich nicht kannte?

Brief Nummer eins: Kariertes Papier, wie aus einem Collegeblock gerissen, ein paar Zeilen fein säuberlich auf Englisch geschrieben, keine Unterschrift. Absender und Schreiber hatten keine Namensgleichheit. Mein Englisch reichte für den Text aus, er wollte mich nachts neben sich in seinem Bett liegen haben, nein danke. Bestimmt nett gemeint, es war die Rede von einem kleinen Haus, gemeinsamen Hobbys, aber Partnerschaft? Ich bei ihm übernachten? Nein, zur sehr mit der Tür ins Haus gefallen, vorbei, bevor es anfing!

Der zweite Brief enthielt das Collegepapier in linierter Ausführung. Dasselbe in grün? Jain, der Mann stellte sich immerhin ein bisschen vor und gab eine Telefonnummer an. Hm. Dritter Brief nahezu dasselbe Spiel. Wieder liniertes Collagepapier, auch ein bisschen mehr Informationen. Der Mann kam aus Schleswig-Holstein, lebte in Würzburg, klang schon ganz passabel, wenn nur nicht das billige Papier gewesen wäre! Denken Männer nicht nach, was für einen Eindruck das macht? Meinen sie wirklich, dass bei einer Antwort auf eine Anzeige nur der Wille zählt und nicht das „wie"? Oder sind sie wirklich zu geizig um echtes Briefpapier für wenige Cent zu erwerben? Es gibt doch nicht umsonst den Spruch: „Das Auge isst mit!" Okay, nicht länger darüber nachgedacht, dass konnte ich auch später noch.

Schnell den vierten Brief geöffnet, der von einer Frau kam. Sehr viel Text, sehr nett geschrieben, echtes Briefpapier, aber mich beschlich das Gefühl, dass der Adressat nicht ich sein konnte. So, und jetzt? Was mache ich jetzt oder auch später mit den Briefen? Nicht beantworten war und ist für mich keine Option, auch wenn ich von der ganzen Sache gewissermaßen überrumpelt und überrascht wurde. Für mich hatten diese Menschen eine Antwort verdient. Also setzte ich mich am Wochenende hin und beantwortete den Brief der Frau höflich, aber ohne Aufmunterung, immerhin mit Absenderangabe. Der US-Amerikaner bekam eine kurze Absage per Karte, schließlich hatte ich eine Anschrift, wenn auch unter Umständen nicht die Seine.

Da ich von den anderen beiden nur die Handynummern hatte, schrieb ich jeweils eine kurze erklärende SMS. Die Antworten kamen prompt, was mich sehr überraschte. Der eine fragte gleich nach meinem Alter, er suche eine rüstige Dame. Nein, das bin ich definitiv nicht, rüstig. Und es waren mir auch zu viele Rechtschreibfehler im Text, ich merkte, ich wurde wählerisch. Mit dem Anderen schrieb es sich flüssig, wir wechselten zum Nachrichtendienst Telegram und haben nicht nur noch Kontakt, sondern uns inzwischen auch tatsächlich getroffen. Irgendwie stand das Treffen aber unter keinem guten Vorzeichen. Interessant genug für ein zweites Treffen war es aber allemal.

Inzwischen, frau kommt aus dem Staunen nicht heraus, hat ein weiterer Brief des Amerikaners den Weg zu mir gefunden. Text auf Deutsch, das vereinfacht doch die Konversation deutlich. Sogar ein Hauch von Humor blitzt durch die wenigen Zeilen, vielleicht antworte ich doch noch einmal. Ach nein, wie ich mich kenne antworte ich ganz bestimmt.

Chiffre ins Glück? Nein, ganz sicher nicht, aber dafür etwas anderes: Abwechslung, Abenteuer, ein Hauch von Spannung, viele offene Fragen (u.a. warum das billige Papier?), Zeitvertreib, neue Bekanntschaften, ein bunter Strauß an Möglichkeiten. Auf jeden Fall keine Niete!

## Fréderic, der Heiratsschwindler

Heiratsschwindler, was für ein Wort. Um Heirat geht es ja nie bei dem Schwindel, sondern um Geld, um wirtschaftliche Interessen. Heutzutage heißt es eher „Love Scammer" oder „Romantic Scammer" und ist nicht nur, aber überwiegend, ein Betätigungsfeld im digitalen Raum. Dating Portale sind ein bevorzugter Ort zum Fischen nach Opfern, männlichen wie weiblichen. Im Regelfall sind sie leicht zu erkennen, wenn etwas gesunder Menschenverstand mit im Spiel ist. Aber genau der wird ja bei der großen Liebe gerne außen vor gelassen. Die Sprüche: „Vor Liebe blind" und „alles rosarot sehen", kommen ja nicht von ungefähr.

Bislang bin ich diesen vermeintlichen Ärzten, geheimen CIA Agenten oder für was auch immer sich diese gutaussehenden Männer ausgeben, ausgewichen. Ich will keine Partnerschaft, das ist schon mal schlecht für das Geschäft des Gegenübers. Kleine Kinder sind mir inzwischen ein Gräuel, solange der Verdacht im Raum steht, dass ich mich um sie kümmern soll. Ich will meine Freiheit behalten. Aber Fréderic, dieser Franzose, verleitete mich dazu, dieses Spiel mitzuspielen, einen Selbstversuch zu unternehmen. Zu gucken, warum es den Betrügern so leicht fällt, Frauen und Männer, denn Betrüger gibt es auf beiden Seiten, so an der Nase herumzuführen. Ich bin von Natur aus misstrauisch, Geld gibt es generell nur gegen Spendenbescheinigung. Gute Voraussetzungen, also ab ins Abenteuer.

Schon nach dem dritten Satz war mir klar, hier stimmt etwas nicht. Gutaussehender Franzose ist einen Tag auf Dienstreise in Deutschland, meldet sich bei Finya an und findet seine Traumfrau, also mich. Weil das Übersetzungsprogramm mit Finya nicht kompatibel ist, weichen wir auf einen Nachrichtendienst aus. Holpriges Deutsch und sinnfreie Sätze werden mit dem Übersetzungsprogramm geklärt, denn Fréderic spricht nur Spanisch und Französisch, ich nur Englisch und Deutsch, Latein lassen wir mal außen vor.

Die Geschichte, die er erzählt, ist fast zu gut, um gelogen zu sein, er zieht mich in seinen Bann. Ich lasse mich ziehen, denn ich will wissen, wie dieses Spiel funktioniert. Er redet von Partnerschaft, ich halte dagegen mit "Ich will meine Freiheit behalten". Das scheint er zu verstehen, sehr tolerant, und dann kommt wieder das Wort „Beziehung". Irgendwann gebe ich es auf, es ist hoffnungslos, wir verstehen uns nicht, im wahrsten Sinne des Wortes. Wohldosierte Aufmerksamkeiten folgen, ja, das kenne ich auch von meinen echten Bekannten und Freunden im Netz, also echt im Sinne von "habe ich schon im realen Leben getroffen, gibt es wirklich". Ein Treffen mit Fréderic wäre da natürlich schwieriger, denn er wohnt ja nun nicht gleich hinter der Grenze, nein, Bordeaux muss es sein. Export von landwirtschaftlichen Maschinen, schrieb er am Anfang.

Und ja, nur noch ein letztes großes Geschäft und dann geht er mit 54 in Rente und hätte nur noch Zeit für mich. Innerlich schüttelte es mich, aber ich erwiderte nur, dass ich noch ein paar Jahre länger arbeiten müsse. Kontaktabbruch nach ca. drei Wochen, abrupt. 24 Stunden Funkstille. Hm, was habe ich falsch gemacht? Egal, wenn er weg ist, ist er weg, wieder mehr Zeit für mich. Denn dieses Spiel kostet Zeit, und zwar meine. Aber es hilft gegen die Langeweile, denn nach der Augen-OP habe ich viel freie Zeit. Nach 24 Stunden ist er wieder da, ein neuer Account, sieht gleich viel seriöser aus.

Untröstlich ist er, er dachte, er hätte mich, die Liebe seines Lebens verloren, sein Smartphone gab von jetzt auf gleich den Geist auf. Er hatte rein zufällig meine Kontaktdaten gespeichert und dann nach langer Suche auf dem PC gefunden. Tag gerettet, seiner, nicht meiner. Was ich nur von ihm denken würde? Die Wahrheit konnte ich ja nicht schreiben, obwohl ich ihm schon mehrfach mitgeteilt hatte, dass ich ihn für ein „Fake" hielt. Er lachte nur. Natürlich sei er echt, zum Beweis gab es Fotos von ihm mit seinen Töchtern. Niedlich. Ach ja, wo war ich stehengeblieben? Die Wahrheit wollte ich nicht schreiben, also eine Halbwahrheit: „Wieder einer der geht, so ganz ohne Abschied." Im Grunde erleichterte mich die Kontaktunterbrechung, ich dachte das Spiel sei aus, so mittendrin. Doch schade, irgendwie. Ich dachte, meine mangelnde Begeisterung hätte mein Gegenüber in die Flucht geschlagen, anscheinend nicht. Ich wollte weiterspielen, gucken was kommt. Wann kommt die Forderung nach dem Geld und wie wird das eingefädelt?

Das letzte große Geschäft in Ägypten, ein Container voll Ware, seine ganzen Ersparnisse stecken drin. Er muss mitfliegen, weil, es könnte ja Probleme beim Zoll geben. Aber auf dem Rückweg natürlich über Nürnberg nach Bamberg, es wird Zeit, dass wir uns persönlich kennenlernen. „Nachtigall, ick hör dir trapsen" Welches Hotel ich vorschlagen würde? Was wollen wir unternehmen? Schulterzucken, warum Gedanken machen, wenn die Wahrscheinlichkeit der Durchführung gegen null tendiert? Natürlich drücke ich das anders aus, ganz fürsorglich: Ich könne ja leider wegen meiner Augen immer noch nicht Auto fahren (wahr). Ich wisse ja nicht, wie viel Luxus er bevorzuge (wegen der Hotelempfehlung). Er möge doch selbst im Internet recherchieren. Wegen meiner Augengeschichte hätte ich ja nicht so viel Zeit (leider auch wahr). Und so reiste er über die Türkei nach Ägypten, Flugplan bekam ich auch zu sehen, genehmigte sich noch ein schönes Wochenende, vermisste mich schrecklich, und ja, dann kam das „böse Erwachen". Der Zoll in Ägypten sei so etwas von korrupt. Die Zollbestimmungen hätten sich geändert, er solle jetzt plötzlich viel mehr Zoll bezahlen. „Aber meine Liebe, sei nicht beunruhigt. Lies selbst" und schwupps hatte ich ein amtlich aussehendes Papier auf Französisch unter der Nase. Dass die Firmenanschrift fehlte (meine Güte bin ich immer im Dienst?), der Warenwert im Container angeblich 1,8 Millionen betrug und die Steuer beziehungsweise der Zoll 180.000 €, soviel konnte selbst ich mit meinem Schulfranzösisch übersetzen. Ach ja, eine Anzahlung, a conto Zahlung von 39.000,00 € sofort fällig. Er sei am Boden zerstört, was könne er tun? Meine Empfehlungen, wie besser vorbereitet sein, Rückabwicklung, Weiterverkauf unter Preis gingen natürlich ins Leere, so ernst sie auch gemeint waren. Ich war im Spiel. Aber ich bin ich und Mitleid habe ich bei dermaßen schlechten geschäftlichen Entscheidungen nicht. Pech. Zwei Tage rang er mit sich, dann wurde ich konkret um Geld gebeten. 24.000 €, diese Summe fehle noch, alles andere habe er sich leihen können. Ob ich ihm ein Darlehen gewähren könne? Er würde es mir mit Zinsen und einer Prämie zurückzahlen. Sollte das der Moment zum Ausstieg sein? Nein, ich trieb es noch ein bisschen weiter. Erklärte, dass ich grundsätzlich keine Darlehen gewähren würde. Ich selbst momentan sehr große Ausgaben hätte, unbezahlte Augenoperationsrechnungen, eine Rechnung für ein kaputtes Auto. Darüber hinaus Witwe mit nur kleiner Rente war. Hm, und ich hatte gedacht, er könne mir bei meinem bevorstehenden Umzug mit etwas Geld aushelfen?!

Ich musste mehr als einmal lachen, denn per se war jeder Satz, den ich schrieb richtig, das Schwindeln lag eher im Auslassen. Aber der Kerl gab nicht auf. Er wolle mir ein Geschenk schicken als Überraschung, dafür brauche er meine Adresse. Klar, du bekommst von mir auch eine Adresse. Abgebrüht! Denn meine Recherche zeigt, dass es im Regelfall zwei verschiedene Handlungsstränge gibt: Unverschuldet in Not oder Geschenk mit Vorabbezahlung der Zollgebühren. Bei mir wurde beides versucht. Ich könnte hier abbrechen, denn ich habe unmissverständlich klargestellt, jedenfalls klar mit jedem Übersetzungsprogramm, dass bei mir nichts zu holen ist. Und darüber hinaus auch noch selbst auf finanzielle „Hilfe" von Fréderic spekuliert. Also warum sollte ich abbrechen?

Wie werden Frauen wie ich nun abgewickelt? Das wollte ich noch wissen. Heute, eine Woche später, haben wir immer noch Kontakt, die Luft ist eindeutig raus, aber wenn ich nichts anderes zu tun habe? Plötzlich hatte er öfter Internetprobleme, vermehrt seit meinen: "Tut mir leid, ich habe gerade selbst finanzielle Probleme." Ich habe das Gefühl, dass ich zum „Abwickeln" inzwischen weitergereicht wurde, denn plötzlich wusste mein Gesprächspartner nichts mehr von meinen Augenproblemen, ein beliebtes und endloses Thema bei mir vom ersten Tag an...

Und jetzt? Ich weiß es nicht. Erst einmal den Blog geschrieben und über alles in Ruhe nachgedacht. Ich wusste von Beginn an, worauf das hinauslief. Aber trotzdem kamen mir zwischendurch immer wieder Zweifel an meiner eigenen Wahrnehmung. Bilde ich es mir nur ein? Schlechte Übersetzung? Will der wirklich nur mein Geld? Er fragt gar nicht nach Geld. Ich wurde sehr lange „angefüttert", fast 6 Wochen. Das hätte ich vorher nicht gedacht. Denn im Grunde kennen wir alle aus Funk und Fernsehen solche Geschichten und fragen uns wie jemand auf so eine Masche hereinfallen kann. Heute weiß ich es, denn die

Sachen sind gut gemacht. Und wer wirklich auf der Suche nach einem Partner, einem Seelenverwandten, nach Aufmerksamkeit und Zuwendung ist, ist ein leichteres Opfer als ich. Selbst ich hatte ab und zu vergessen, dass ich das Ganze selbst für einen Fake hielt. Menschen verdienen mit dieser Masche Geld, aber eben nicht auf ehrliche Art und Weise, sondern durch das Ausnutzen von Gefühlen, unter Anwendung psychologischer Tricks, wie z. B. dem temporären Kontaktabbruch. Oder auch dem sanften Zwang: „Ich brauche Dich, ich will Dich nicht verlieren, mir geht es schlecht. Hast Du Geld?" Als diese lange von mir erwartete Frage endlich kam, fühlte ich mich frei. Ich war auch in den Antworten wieder mehr ich selbst. Lustige Geschichte, jedenfalls für mich, aber im Grunde todernst und tieftraurig. Andererseits, machen wir uns nichts vor: „Love scammer" ist kein neues Phänomen, Heiratsschwindel gibt es seit Jahrhunderten. Im Grunde ist es auch nur ein Handel, Geld gegen Gefühle, aber eben ein schlechter Tausch, denn der Wechselkurs Gefühl – Geld ist in dieser Konstellation schlecht. Dazu kommt noch, dass der eine Teil nichts von dem Tausch weiß. So bleibt am Ende jemand betrogen zurück.

In meinem Fall der/diejenigen, der/die mir über sechs Wochen lang die Zeit verkürzt hat/haben. Ich habe in dieser Zeit etwas gelernt. Nämlich, dass Menschen nicht „dumm" sein müssen, um auf solch eine Masche, aller Warnungen zum Trotz, hineinzufallen. „Love scamming" ist eine Industrie im digitalen Zeitalter, vornehmlich sitzen die „Betreiber" in Afrika, die Fotos sind „geklaut" und mein Gesprächspartner muss weder ein „er" gewesen sein, noch nur eine Person. Denn der stilistische Unterschied in den Antworten war durchaus deutlich. Sei es in Satzlänge, Themenwahl und und und. Frau muss halt nur genau hinschauen, denn alles kaschiert das Übersetzungsprogramm nicht.

Gerade kam wieder eine Nachricht „Schatz, wie läuft es?". Ich fürchte, sie war gar nicht mehr von Fréderic.

Nachtrag: Ich hatte den Chat auf „Telegram" nicht gelöscht, wie wahrscheinlich von der Gegenseite erwartet. Inzwischen ist der „Absender" mal wieder umbenannt. Und auf einem eingestellten Video ist eine Gruppe junger Männer beim Essen zu sehen, alles „People of Colour". Frederic war dem Foto nach weiß und mittelalt...

# Ayla kandidiert

# Wahlen zum Personalrat 2021

## oder

## Ich wollte nur einen Flyer!

Kandidatur örtlicher Personalrat 2021:
Als ich Anfang Mai nach langer Abwesenheit wieder ins Amt kam, schaute ich wie immer ins AIS (Intranet), um zu sehen, was sich in den letzten Wochen so getan hatte. Ein Wort sprang mir sofort ins Auge „Personalratswahl". Stimmt, da war doch was, am 22.06.2021. Hatte ich den Aufruf sich als Kandidat/Kandidatin zur Verfügung zu stellen verpasst? Anscheinend. Da mein Laptop wieder rumzickte, kam mein Vertrauensmann von der EDV vorbei. Von diesem erfuhr ich, dass Bewerbungsschluss der 06.05.2021 sei, also blieben mir noch ein paar Tage, um zu entscheiden, ob ich tatsächlich noch einmal kandidieren will.
Will ich oder will ich nicht? Die Frage aller Fragen. 2016 gab es massives Mobbing gegen meine Person

durch den amtierenden Vorsitzenden. Werde ich das noch einmal durch- und aushalten? Werde ich es mir selbst verzeihen, wenn ich es nicht versuche? Was will mein nun wieder klares geistiges „Ich". Zwei Nächte mit wenig Schlaf später, wusste ich die Antwort: Ich will es wissen, ohne Wenn und Aber! Ich will und werde kandidieren, ich überlasse dem Vorstand des amtierenden Personalrats nicht kampflos einfach so weiterhin die Vertretungsbefugnis für alle Kollegen und Kolleginnen. Sein „Gekuschel" mit der Amtsleitung kotzt mich an, sein Nichtstun ebenso wie seine fehlende Verschwiegenheit, nein, das Amt hat 2021 etwas Besseres verdient! Mich? Nicht unbedingt, zu viel Verantwortung und dann ist da auch noch meine eingeschränkte Belastbarkeit, meine Teildienstfähigkeit, meine in der Vergangenheit vielen Fehlzeiten und, und, und. Aber mitmischen, ja, das will ich, unbedingt!

Also kurz vor Toresschluss meinen Hut in den Ring geworfen, sprich meine Kandidatur per Mail an den Leiter des Wahlausschusses und den örtlichen Gewerkschaftsvorsitzenden (Personalunion Personalratsvorsitzender) gesandt. Puh, gerade noch geschafft. Und wenige Stunden später eine Mail hinterher, dass ich darum bitte, alle Bewerber und Bewerberinnen auf der Wahlliste nach Alphabet aufzuführen. Keine Reaktion, typisch!

Zwei Tage später sehe ich den offiziellen Wahlaushang. Ich denke, mich trifft der Schlag, obwohl, ich hätte es mir denken können: Ganz oben auf der Wahlliste vier Männer, amtierender Vorstand des Personalrates plus stellvertretender Vorsitzender des Ortverbandes. Alle anderen nach Alphabet. The same procedure as every year! War da nicht noch was? Hatte ich nicht genau diese Aufstellung bereits vor 5 Jahren massiv kritisiert und wurde da nicht Besserung gelobt? So, Jungs, das war`s, zieht euch warm an, ab jetzt geht es rund, das war der berühmte Tropfen, der das Fass zum Überlaufen brachte!

Ich beschloss den Wahlkampf zu beleben und einen Flyer nicht nur zu erstellen, sondern auch zu verteilen. Die Idee hatte ich von einer Freundin geklaut, egal. Genug ist genug!

Stimmzettel:
Es gibt ja nie nur einen Handlungsstrang in Geschichten und bei meiner ist es nicht anders. Während sich meine Gedanken mit dem Flyer befassten, suchten meine Wut und Enttäuschung ein Ventil und ich daher Ablenkung. Zunächst versuchte ich die Sach- und Rechtslage zu klären, wurde ziemlich schnell fündig und es war, wie ich es erwartet hatte: Rechtlich richtig, moralisch vielleicht

zweifelhaft: Der Vorstand des Ortsverbandes bestimmt die Reihenfolge, definitiv. Also flugs einen rechtlich haltbaren Antrag schriftlich auf den Weg gebracht, dass spätestens im Rahmen der nächsten Mitgliederversammlung transparente Regelungen für die Gestaltung einer Wahlliste im Hinblick auf Parität zu beschließen sind. Diesen Antrag per Kopie an alle Kandidaten und Kandidatinnen, erledigt, aber irgendwie reichte mir das nicht!

Im Endeffekt schrieb ich in wohlgesetzten Worten den zuständigen Bezirksverband an, sämtliche Vorstandsmitglieder des Landesverbandes plus drei Dachverbände, fertig! Wenn schon nicht 2021, dann wenigstens für die Zukunft.

Keine Antwort an mich direkt, aber Ergebnisse!

Ja, Emotionen pur! Freude bis zum Schreien, Endorphine ohne Schokolade! Gut so! Anscheinend wurden auf Anweisung von ganz oben bereits am letzten Maitag die Wahlzettel geändert und die Kandidaten nach Alphabet gelistet. Das bringt mich doch glatt vier Listenplätze nach oben! Der Vorsitzende erzählte es mir persönlich (freiwillig?). Was für eine Niederlage für ihn! Satz und Sieg für mich, yeah! Die Reparatur meines Autos, welches ich in dem Zusammenhang an einen Fahnenmast setzte, kostete 200 €, Peanuts bei solchem Erfolg! Was ist da schon ein Lackschaden?

Flyer:
Der Flyer, ja, hm, was soll denn da rein? Was kann ich? Wie stelle ich mich selbst vor? Aufgeweckt, anpassungsfähig, anständig → Ayla? Oder: Routiniert, redegewandt, rechtschaffen → Richter? Und welche Fotos?

Flyer erstellen ist gar nicht so einfach und ja, meine Freundinnen gaben mehr als einen dezenten Hinweis, dass meine Kernkompetenzen ganz wo anders liegen. Also muss ein Profi ran, schließlich will ich mich ja nicht blamieren und am Geld soll es nicht scheitern. Ich merke, die Sache wird mir wichtig. Das Angebot von Flyeralarm überzeugte mich nicht, hm, okay, erstmal den Graphiker aus München gefragt, aber der hatte keine Zeit, auch gut, nein, ehrlich geschrieben, sehr gut, denn im Grunde wusste ich schon längst, wen ich engagieren wollte: Den Besten, wen auch sonst! Ich hatte da einen Namen im Hinterkopf und bald auch die Telefonnummer herausbekommen, aber ob er für mich arbeiten würde? Schließlich hatte ich ihn beruflich kennengelernt, sozusagen auf der anderen Seite des Schreibtisches sitzend, aber die mir gezeigten Arbeiten hatten was, sprachen mich an. Also mutig die Nummer gewählt, mich durch die ersten Sätze gequält und einen Besprechungstermin vereinbart.

Wenige Tage später saß er mir gegenüber, in meinem Wohnzimmer. Ich erläuterte meinen Plan. Er mir seine Ideen. Huch, wollte ich das wirklich, mal abgesehen von der Sprengung jeglichen mir selbst gesetzten Budgets? Flyer, Website und, und, und? Ja, ziemlich schnell war mir klar, es gibt nur eine Antwort ohne ein zurück: „Ja, ich will" den Flyer und „Ja, ich will" die Website, die als Ergänzung vorgeschlagen wurde! Schließlich hatte ich mir schon immer die Möglichkeit gewünscht eine Homepage zu besitzen und aus meinem Geschreibsel etwas zu machen! Und die Kosten? Zu vernachlässigen im Hinblick auf einen möglichen Gewinn, wenn auch immateriell. Das bin ich mir wert! Das letzte Hemd hatte noch nie Taschen.

Aber zurück zum Flyer und zu den Fotos, die dieser erforderlich machte. Der Webdesigner hatte da so seine Vorstellungen, ich nur gähnende Leere im Schrank und einen verständnislosen Blick. Casual Outfit? Ich wusste nicht einmal wirklich, wovon er sprach.
Mann hilft Frau über die Straße, in diesem Fall in Erlangen ins Einkaufszentrum. Denn ich zierte mich

nicht länger als fünf Sekunden sein Angebot, mit mir einkaufen zu gehen, anzunehmen, er schien mir auch in dieser Frage kompetent zu sein. Und was soll ich sagen? Die Kleidungsstücke hätte ich mir selbst nie ausgesucht, ich erkannte mich selbst kaum wieder, diese gutaussehende Frau im Spiegel, war das wirklich ich? Ich glaube es heute, drei Wochen später immer noch nicht so richtig, aber die Fotos, die inzwischen gemacht wurden, zeigen mir mich und doch nicht mich, eine Option für die Zukunft, ein klares: Da will ich hin!

Der Flyer ist mittlerweile fertig und wird seit dem 02.06.2021 im Amt verteilt und die positiven Reaktionen überwiegen deutlich, Alleinstellungsmerkmal, klar, und eine gute Selbstinszenierung! Wenn ich nicht Werbung für mich mache, wer tut es dann? Und wenn ich ernst genommen werden will, gehört das einfach dazu.

Fotoshootings:

So eine Website lebt vom Inhalt, das begriff ich sehr schnell. Und auch die vielseitigen Möglichkeiten, die sich mir damit nach dem Wahlkampf bieten würden, konnte ich mir ausmalen. Die Sache jedoch mit den Fotoshootings war mir sehr suspekt. Wofür, weshalb, warum? Für den Flyer lasse ich es mir ja noch gefallen „Model of the day" zu spielen, aber für die Website?

Doch die Begeisterung des Webdesigners war mehr als ansteckend. Schließlich hatte ich ihn engagiert, um meinem Wahlkampf auf die Sprünge zu helfen und den Männern, sehr pauschal, ich weiß, das Fürchten zu lehren. Für Fotos extra nach Nürnberg fahren, nicht sehr ökologisch, aber das hatte was, definitiv! Kulisse sei alles, schließlich sei alles eine große Inszenierung, wurde mir erzählt, okay, dann los. „Think big!" Warum auch nicht? Sonnig, aber kühl im Schatten des Neuen Museums. Die neuen Blusen gedacht für wärmere Tage, hm, ständig jemanden mit Objektiv vor der Nase, Anweisungen nur teilweise befolgend, urplötzlich in Gelächter ausbrechend, das Ganze hatte was! Umziehen in aller Öffentlichkeit, kein Problem, schließlich hatte ich immer noch mehr an als im Sommer im Schwimmbad, aber puh, war das kalt.

Aber das Shooting in Nürnberg reichte dem Webdesigner/Wahlkampfmanager/Fotografen in Personalunion nicht, da sollte noch mehr Fotomaterial her. So wurde die Idee zu einer Fotostrecke in Berlin geboren, warum auch nicht? Endlich mal raus, denn geschäftliche Übernachtungen waren während der gesamten Pandemie über möglich. Als Kundin durfte ich das Hotel buchen, gerne. Ich wusste zu diesem Zeitpunkt noch nicht, wie mühsam das Unterfangen werden sollte. Zunächst waren fünf Shootings geplant, aber das Paket wurde ergänzt um zwei Aktfotoshootings. Da leuchten jetzt aber die Fragezeichen, oder?

Ja, bei mir auch noch, immer noch. Schließlich ist gerade mal etwas mehr als ein Monat vergangen seit meinem ersten Anruf bei dem Typen, der meinen Flyer erstellen sollte. Ich mochte den Mann nicht besonders als ich ihn kennenlernte, muss ich auch nicht als Funktionsträgerin, aber seine Arbeit gefiel mir sehr, wohl auch der Hinweis, dass er „Markenentwickler" sei. Irgendwas wurde da schon im Hirn abgespeichert, aber zurück zur Geschichte.

Da saß er also in meinem Wohnzimmer, so weit von mir entfernt wie möglich und nicht nur wegen Corona. Sehr absurd die Situation, skurril, ebenso wie bizarr, alles, nur nicht normal! Hatte ich schon erwähnt, dass bei mir im Wohnzimmer Fotos von meinem letzten Erotikfotoshooting stehen, u.a. ein Foto von mir in einer alten Zinkbadewanne? Und irgendwie wurde das Thema. Er bot mir an, bessere (für wen hielt der sich eigentlich?!) Aktfotos von mir zu machen, ich lehnte sofort ab.

Ich will einen Wahlkampfflyer, meinetwegen auch noch die Website, aber doch nicht mehr! Oder doch? Irgendwas lief da noch nebenbei zwischen uns beiden, ziemlich eindeutig, ob ich wollte oder nicht. Mädel, reiß Dich zusammen! Zu spät! Interessanterweise haben wir ganz unterschiedliche Erinnerungen an das Gespräch, auch unsere Wahrnehmungen sind deutlich verschieden. Gut oder schlecht? Oder keins von beiden? Einfach nur unterschiedlich? Ich habe ein Problem mit meiner Selbstwahrnehmung, wurde hier zu viel gefiltert? Anscheinend habe ich unglaublich viele Signale meiner Sinnlichkeit ausgesendet, unbewusst, und die bewussten dann „on top" gesetzt, oje. Und jetzt? Wie gehe ich weiter mit der Situation um? Laufen lassen? Ja, mitnehmen was geht!

Also auf nach Berlin, ja, auch meinetwegen, bevor ich mich schlagen lasse, mit Aktfotoshooting.

„Ayla drives to Berlin". Ich fahre selbst, mein Auto hat mehr Schnickschnack und ich traue den Fahrkünsten eines Mannes nicht, der mehr mich ansieht als auf die Straße guckt, Abenteuer pur, denn erst später wurde mir bewusst, dass „Ich fahre selbst!" auch bedeutet, dass ich auch in Berlin fahren und einparken muss…

Bei der Abfahrt am Freitag waren wir noch per „Sie", hatte was, diese künstliche Distanz, Auftragnehmer und Auftraggeberin, Mann und Frau, das volle Paket der Möglichkeiten! Kurz hinter dem Ortsschild „Bamberg", sollte das „Du" kommen, kam es auch, kurz vor Berlin ist ja rein geographisch gesehen auch nach Bamberg.

Dank Navi und sehr wenig Verkehrsaufkommen, ließ sich nicht nur das Hotel ganz leicht finden, sondern auch ein Parkplatz. Kurze Ruhepause und dann ab auf den Kurfürstendamm, rein ins Gewühl, zur Einkaufspassage „Bikini". Denn ich hatte Ernst gemacht, ich hatte so gut wie keine Kleidung mitgenommen, da diese im Zweifel eh verkehrt gewesen wären und meine entsprechenden Anfragen zur Kleidungswahl unbeantwortet blieben. Aber der ungläubige Blick hatte was, als ich die Frage verneinte, ob ich meine neuen Sachen mitgenommen habe, schließlich waren die fototechnisch schon verbraucht!

Vor dem Shoppen stand der Test, Corona gibt es auch in Berlin. Sobald wir wussten, wie die Teststation funktionierte, war es ziemlich easy, aber bis dahin ein weiter Weg, Landeier halt. Shoppen, essen, ab ins Bett? Halt, nein, da stand doch noch was auf der Liste: Probeaktfotoshooting.

Das Fotoshooting dauerte gefühlte Ewigkeiten und ich war so unendlich müde. Ist schon morgen? Fast, aber ich konnte noch knappe zwei Stunden schlafen, besser als nichts. In der Wachphase stellte ich fest, dass es in Berlin durchaus Vögel gibt, aber kurz nach 5 Uhr hielt mich absolut nichts mehr im Bett. Ab ans

Handy und Grüße an alle, zum Lesen war ich zu müde. Oh, Antwort, hm, aus dem Nebenzimmer? Halluzinationen? „Komm rüber, die Tür ist angelehnt." Und jetzt? Nachdenken, Tee trinken, in der Lobby gab es eine Möglichkeit welchen zu kochen, Zeit gewinnen. "Ja?" „Nein?" Nur „vielleicht" war eindeutig keine Option. Nein, und es bereuen? Am Ende doch relativ zügig ein „Ja", denn eine der vor der Reise aufgestellten Regeln besagte, dass er bei den Dingen zwischen Mann und Frau die Oberhoheit innehat, puh, was für ein Amtsdeutsch, nennen wir das Kind beim Namen: „Dominanz".

Frühmorgens im Bademantel über den Hotelflur gegangen, Teebecher in der Hand, die angelehnte Tür aufgestoßen, kneifen gilt nicht, hm, drin und jetzt? Und jetzt? Hilfe, nur eine Decke, hatte ich völlig vergessen, Einladung zum echten Körperkontakt! Schweigen, obwohl mir zum Reden ist? Egal, einkuscheln, das Gefühl haben, nach Hause zu kommen, genau dort zu diesem Mann im Hier und Jetzt zu gehören, alles richtig gemacht. Herz beruhige dich! Hat es dann auch, sich sehr langsam beruhigt. Irgendwann fingen dann Hände an zu wandern, Wandertag im kleinen Kreis sozusagen. Angenehm, hm, machte Lust auf mehr, aber wir waren ja nicht zum Vergnügen in Berlin, dumm gelaufen! Allein die Erinnerung lässt mich lächeln, seine Definition von

Sex, schallend lachen und an Monika Lewinsky und Bill Clinton denken. Wer bin ich schon, dass ich es wagen würde, der Definition eines erfahrenen Mannes meine eigene entgegenzusetzen? Ayla!

Es war ein fantastisches Wochenende in Berlin, sehr gutes Wetter, mir unbekannte Locations für die Fotos, neue Kleidungsstücke, das Gefühl von Freiheit nach Monaten des Eingesperrtseins, Autofahren im vierspurigen Kreisel um die Siegessäule oder mitten in der Friedrichstraße, Einparken ohne Probleme und wenn mit, einfach nur den Autoschlüssel weitergegeben, leckeres Essen, Ungezwungenheit, Vertrautheit, Nähe, gute Gespräche, ein supergut gelauntes „Topmodel of the day", yeah, that's it.

Website:
Meine Website, online seit dem 02.06.2021, zunächst noch rudimentär, jeden Tag vollständiger werdend, ja, aber völlig visionär! Mein Sprachrohr für die Zukunft, meine Spielwiese im Rahmen der Personalratswahl, meine sich selbsterfüllende Prophezeiung? Was auch immer! Meins!

Wie viele Gedanken musste/durfte/sollte ich mir zu mir selbst machen? Was kann ich, was habe ich den Kollegen und Kolleginnen anzubieten, was unterscheidet mich von der Masse? Dann auch viele persönliche Fragen: Wo will ich zukünftig leben? Meine Hobbys, tatsächlich einfach. Wofür brenne ich? Feminismus, wie aus der Pistole geschossen. Männer? Wie kamen wir da drauf? Hm, da wurde es schon deutlich schwieriger. Eigentlich bin ich bei diesem Thema immer noch sprachlos, obwohl „sprechen" zu meinen Kernkompetenzen gehört. Blogs gehören inzwischen zu meinem Alltag, es macht Spaß, aus alltäglichen Begebenheiten „etwas zu machen", momentan natürlich mit dem Schwerpunkt Wahlkampf. Was werden mir da auch für Steilvorlagen geliefert, ich kann und will diese nicht ungenutzt lassen, sei es die Kandidatenvorstellung im Rahmen der Personalversammlung oder auch das Lästern: „Die macht nur Ärger und kann nur Gendersternchen." Danke Jungs, mit solch einer Unterstützung läuft es doch fast von selbst, dass Spiel um Stimmen und Macht. Manche Menschen sind einfach schlechte Verlierer und so wurde meine Website beim Amtsleiter angezeigt. Und inzwischen hinsichtlich einer möglichen Verschwiegenheitsverletzung vom Personalreferat geprüft und für „gut befunden". Brief und Siegel von ganz oben, wer hat das sonst noch? Deshalb an dieser Stelle ein sehr großes Dankeschön an den/die Anzeigenden.

„Erfolg ist kein Glück", das Video vom Rapper Konrad K, eingespielt von meinem „Wahlkampfmanager" beeindruckte mich nachhaltig. Passt wie die Faust aufs Auge, auf meine Website und ich freue mich jedes Mal, sobald ich es mir ansehe und anhöre!

Wahlwerbung:
Ich verteile meine Flyer so weit wie möglich persönlich, ich mag das Gespräch mit den Kollegen und Kolleginnen. Bei manchen merke ich erst in dem Moment, in dem ich vor der Person stehe, wie sehr ich den Menschen hinter dem Namen vermisst habe. Teilweise sehr lange Zeit nicht gesehen, aber die Vertrautheit ist sofort wieder da! Und so viele neue Gesichter, so viele Geschichten, so viel Freude darüber, dass ich mir die Mühe machte und einen Flyer auflegen ließ, dass ich mehrfach vorbeikomme, so wie in der ausgegliederten Betriebsprüfung, so viel Wohlwollen auch in der Führungsetage, das hätte ich nie gedacht!
Mir wurde von dem Flyer abgeraten, aus Sorge um mein Wohl, ich ließ mich nicht abhalten und es passierte das Gegenteil! Meine, in den letzten Jahren im Amt erlittenen, Wunden heilen, von innen nach

außen, jeden Tag ein bisschen mehr, auch besonders tiefe. Was für ein lebensverbessernder Nebeneffekt! Und das „Amtsgeflüster" auf der Website, für welches ich rege Werbung mache, kommt an, kommt sehr gut an. Wie bereits geschrieben, sogar mit „Dienstsiegel"! Und der vom Webdesigner angeregte „Imagewechsel" auch. Was ein paar Geschichten aus meinem Leben, zweckgebunden aufgeschrieben, bewirken können. Meinen Eltern gefielen die allerdings nicht, zu persönlich, aber die sind auch nicht wahlberechtigt.

Ob ich am Ende die Wahl für mich entscheiden kann oder nicht, ist irrelevant, denn gewonnen habe ich auf jeden Fall!

Anderes Leben:
Ich habe mich verändert, nicht nur äußerlich, sondern auch innerlich. Ziemlich schnell, ziemlich viel, ziemlich beträchtlich. Innerhalb weniger Wochen, in weniger als 30 Tagen, so rasch kann sich tatsächlich ein Leben zum Guten verändern, auch ohne, dass jemand stirbt. Ich habe neue Kleidungsstücke im Schrank, eine neue Frisur, ein deutlich gesteigertes Selbstbewusstsein. Ich kenne zum ersten Mal in meinen Leben einen Teil meiner Kompetenzen und kann sie auch benennen, ich fühle mich frei und unbelastet, kann meine Träume und Visionen

betiteln. Und dann ist da mein „Wahlkampfmanager", der ganz fest an mich glaubt, das tut supergut! Und das wird bleiben, unabhängig davon, wie die Personalratswahl ausgeht! Fast, aber nur fast, bin ich den alten weißen Männern auf der Wahlliste dankbar.

Endergebnis:

Platz 5 von 8, erste Frau und der Platzhirsch ist definitiv abgewählt und Schnee von gestern. Ziel eindeutig erreicht!

## Warum hält sich Frau Richter nicht an die Scheißregel?

Als ich zum ersten Mal las, welchen Blogbeitrag mir da mein Wahlkampfteam vorschlug, verschlug es mir tatsächlich kurz die Sprache. „Scheißregel"? Was ist denn das für ein Ausdruck! Und dann fing ich an nachzudenken, mein Hirn ratterte. Ja, warum gelingt es mir nicht, mich an die allgemeine Regel des „darüber spricht man nicht, frau aber auch nicht!" zu halten? Warum muss ich unangenehme Wahrheiten aussprechen, selbst wenn das Aufdecken dieser Wahrheiten für mich im besten Fall nur unbequem ist, im schlimmsten Fall tatsächlich Konsequenzen, wie z.B. Ächtung nach sich zieht? Warum setze ich mich über die Regeln der anderen so häufig hinweg, obwohl ich es doch sonst in meinem Leben so mit Regeln habe?
Warum bin ich wie ich bin? Die Gene? Als Antwort zu einfach, denke ich. Die Erziehung, hm, ein bisschen wie die Frage, was war zuerst da, das Huhn oder das Ei? Ich weiß es nicht.

Aber was ich weiß, ist, dass es mir nicht gegeben ist „den Mund zu halten" wie es den Frauen schon seit Jahrtausenden befohlen wird. Eines der ältesten Beispiele finden wir in der Odyssee, diesem antiken Heldenepos, als der junge Telemachos seiner Mutter Penelope vor versammelter Mannschaft (all den potentiellen Freiern um ihre Hand) den Mund verbietet, als diese ihn bittet ein anderes Lied anzustimmen. „... die Rede ist die Sache der Männer..." Nein, diese Meinung teile ich ganz und gar nicht! Es ist das Recht eines jeden Einzelnen für das einzutreten, für was er oder sie „brennt". Wir haben in unserer Demokratie des Recht auf Redefreiheit, Artikel 5 GG, Frauen wie Männer, solange wir nicht die Grundrechte der anderen verletzen. Und das ist gut so!

Warum halte ich also nicht den Mund? Verhalte mich still? Erfülle die Erwartungen der anderen nicht? Die Antwort ist am Ende ganz einfach:

Weil ich etwas zu sagen habe, was es wert ist gehört zu werden!

**Der König ist tot! Es lebe der König!**

Warum nicht die Königin?
Warum hat es trotz 52 % Frauen in der Beamtengruppe, bei den Angestellten ist dieser Anteil noch deutlich höher, wieder nicht für eine Königin gereicht? Standen nicht genug qualifizierte Frauen auf dem Stimmzettel? 10 von 22, okay, auch hier schon entspricht das Ergebnis nicht dem prozentualen Anteil, zu vernachlässigen, wenn es „richtig" hätte heißen müssen, 12 von 22? Vielleicht, aber ich glaube diese Antwort greift zu kurz.
Warum taucht erst auf Platz 5 von 8 eine Frau auf? Was kann die Wähler und Wählerinnen bewogen haben, auf die Plätze 1 bis 4 Männer zu wählen, zwei mit einem Stimmanteil von deutlich über 50 %? Gewohnheit? Gewollte Beibehaltung des „Status quo"? Zu viele Nichtwählerinnen unter den Frauen? Zu wenig Vertrauen in die Fähigkeiten von Frauen in Bezug auf die gedachten Fähigkeiten von Männern? Spricht immer noch das althergebrachte Denken: „Männer können es besser"? Abgabe von

Verantwortung an andere? Erfahrung gegen Veränderung? Bedauerlicher Weise liegen mir keine Umfrageergebnisse von Infratest vor, also versuche ich mich selbst an ein paar Erklärungen.

Die Beibehaltung des „Status quo" wurde definitiv nicht gewünscht, der alte, pardon, amtierende Personalratsvorsitzende wurde abgewählt, sein Stimmanteil liegt bei deutlich unter 50 %, d.h. die Wählerschaft wollte einen Wechsel. So weit, so gut! Waren die Frauen, die kandidierten, nicht qualifiziert genug? Hm, woran messe ich Qualifikation? Gehe ich einfach nach den Qualifizierungsebenen, so stammen deutlich mehr Kandidatinnen aus der sog. QE 3 als Männer. Aber ist das das allein selig machendes Merkmal? Ich denke nicht, denn ansonsten hätte das Ergebnis deutlich anders aussehen müssen.

Ich fürchte wir leben auch im Jahr 2021 immer noch in Zeiten, in denen nicht einmal wir Frauen unseren Geschlechtsgenossinnen etwas zutrauen, wir gemäß unserer jahrelangen Prägung durch Umwelt und Konventionen immer noch denken „Männer können es besser!" Was auch immer „es" ist. Kindererziehung, Haushalt und Küche sind es jedenfalls nicht, wenn ich mich so umschaue, wer dort immer noch die Hauptlast und Verantwortung trägt.

Es ist an der Zeit, dass wir Frauen unsere eigenen Interessen in die Hand nehmen, Selbstfürsorge für uns, und nur für uns betreiben, mutig vorangehen, keine Angst vor der eigenen Courage haben, agieren statt reagieren und ja, uns selbst auf ein Podest neben die Podeste der Männer stellen. Und wem das zu schwierig ist, fange doch bitte mit dem Gewerbesteuergesetz an! Das ist „nur" knapp 1 !! cm hoch. Das sollte jede Frau schaffen, und wenn sie darauf kriechen muss!

Caroline Criado-Perez: „Unsichtbare Frauen" sollte es im Jahr 2022 nicht mehr geben! Let's go!

## Amtsgeflüster geht, Frauengeflüster kommt

Seit dem 07.07.2021 ist die Personalratswahl Geschichte. In der konstituierenden Sitzung wurde ein neuer Vorsitzender gewählt, alles auf Anfang, alles neu? Nein, manches ändert sich nicht! Der neue Vorsitzende ist (wieder) ein Mann, keine Überraschung bei der Anzahl der erhaltenen Stimmen, der erste Stellvertreter auch, sei es ihnen gegönnt! Aber wo bleiben da die Frauen, die nochmals wiederholt, mindestens 52 % der Beschäftigten des Finanzamtes Bamberg ausmachen? Warum wurde nicht die gesetzlich gegebene Möglichkeit genutzt einen 2. Stellvertreter, respektive Stellvertreterin, zu wählen? Und damit zumindest nach außen hin Art. 32 (1) BayPV mit Leben zu füllen? Über die Gründe könnte ich trefflich spekulieren, aber warum damit Buchstaben und Energie ver(sch)wenden, die auch anderweitig, nämlich für einen kurzen Rückblick, ein Resümee genutzt werden können?

Neun Wochen sind ins Land gegangen, seitdem ich den Entschluss fasste alle Traditionen und ungeschriebenen Regeln wie „Mensch" sich bei einer Personalratswahl zu verhalten hat, über Bord zu werfen und mein eigenes Ding durchzuziehen. Zu gucken, ob und wohin der Wind mich treiben wird. Zu schauen, ob ich es schaffen werde, Flauten und Erschöpfung genauso auszusitzen wie Stürme und Gegenwind. Zu sehen, ob ich den selbst berechneten Kurs beibehalten kann, auch noch in der Morgendämmerung mit müden Augen. Die Antwort ist ein klares „Ja".

Ja, ich schaffte, was ich mir vornahm! Ja, der Einsatz lohnte sich! Denn ich bekam so viel mehr als ich mir vorher vorstellen konnte. Und damit meine ich nicht nur die neue Frisur, eine „anziehende" Shoppingtour, supercoole Fotos, auf denen ich mich selbst kaum erkenne, hunderte übrig gebliebene Flyer und eine Website, sondern auch das Erkennen meiner Kernkompetenzen, wenn ich das schreibe, grinse ich immer noch, aber wofür habe ich Coaches? Zusätzlich führte ich sehr gute und intensive Gespräche mit Kollegen und Kolleginnen, bekam Zuspruch und Gratulationen von mehr als einer unerwarteten Seite, die stundenlang mein Herz wärmten, Geschenke, die mich zu Tränen rührten (Taschentücher waren nicht dabei, blöd), fühlte mich wohl, mein Blutdruck war endlich mal nicht zu niedrig, kurzum, es ging mir in dieser Zeit sehr gut.

Daher an dieser Stelle ein Dankeschön an alle.

Und deshalb tue ich es wieder, dieses Segeln abseits bekannter Routen!